戴晨志 博士

一生難忘的感動

動人心弦的故事精選

時報出版

Part 1 珍惜生命，真心付出關愛

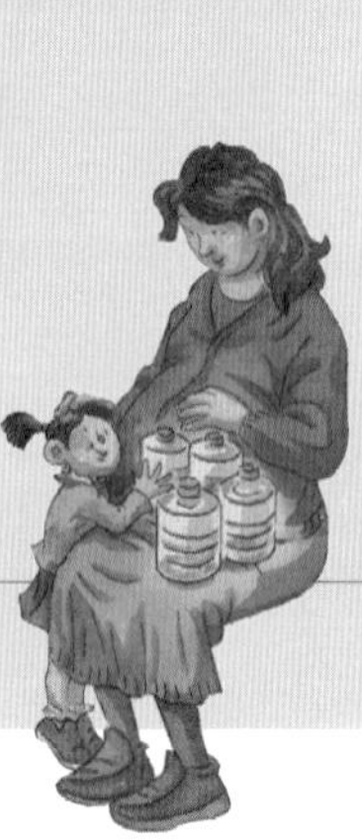

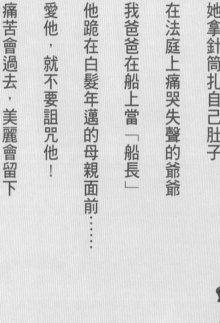

Part 2

笑容洋溢，多幫別人加水

Part 3

親切包容，展現智慧的愛

Part 4

開懷微笑，伸出友誼之手

Part 5

打開心眼，看見多采世界

《自序》

讓心中的熱情與感動，成為自己再奮起的力量！

戴晨志

有一所小學辦運動會，全校學生與高采烈地參與各項體育競賽；其中，一個班級在大隊接力賽跑了最後一名，同學們都已經夠沮喪、難過了，可是老師還要他們寫「反省書」，反省一下，為什麼「跑最後一名」？啊？跑最後一名就要寫反省書？可是，小朋友根本不知道「自己錯在哪裡」啊？寫，寫不出來呀！小朋友感到十分痛苦，家長也覺得不可思議，向校長抗議；校方出面道歉後，才平息這件事。

我的個子矮，跑步這件事對我而言，也是苦差事。然而，運動會的出發點是什麼？是帶給孩童歡笑，而不是處罰！有些人會跑步、有些人會音

樂、有些人會讀書……「比賽」是要讓孩子學習認真、團結，也分享別人勝利的喜悅啊！

也有一群國中二年級的男生，為了參加班際盃排球賽，每天早早到校練習；他們苦練兩個多月，奪冠呼聲最高，可是，在正式比賽中表現失常而落敗，無法晉級。當時，這群男生難過得掉下眼淚，原本準備好慶祝的「拉炮」也派不上用場。怎麼辦？這群男生將拉炮送給打敗他們班的對手，讓他們去「慶祝勝利」！

隔天，這群男生又起了一大早，到學校去練排球，為什麼？因為這群男生相約——「要幫打敗他們班的對手練球，希望他們能拿到冠軍！」

贏了，當然高興！輸了，把慶祝的拉炮送給對方，也十分有風度；再幫對手練球，祝福他們得冠軍，更是成人之美的風範與智慧啊！

這群男生，不用去寫「反省書」，但他們以實際、成熟的行動，轉化挫折、失望為祝福；因為，他們懂得勝敗的意涵，也了解認真用心、互助

分享、團隊共榮，才是人生最大的快樂啊！

在台北，有一名四十八歲又聾、又啞的男子王浩，四處打零工，也做過送報生、油漆工、電子公司作業員、水電工。後來，他到一家房屋仲介去賣房子。天啦，聽不到，又不會講話，他如何賣房子？

可是，憑著信心和勇氣，王浩每天一大早就穿著西裝，在市場裡擺放買屋看板，逢人也鞠躬送DM。面對一個不說話、只鞠躬送傳單的中年男人，每個人都懶得回應他，也懶得收傳單。

就這樣，王浩不管日曬雨淋，一站就是近四小時，誠懇地遞送傳單，傳單上告知，若想看房子請找某某店經理。後來，有人被他的精神打動，紛紛指名託他買賣房子，也讓他成為一名超高人氣的房屋仲介員。

一位從事保險二十多年的女經理說，她常看到王浩鞠躬發傳單，心裡總是嘀咕：「這公司是怎麼教業務員的，連問候一聲的基本禮貌都不懂？」

但，直到媒體大幅報導瘖啞房仲員王浩的故事，她才激動又羞愧地跑去看王浩，對他說：「真的對不起，我不知道你不能說話……」

面對挫折與困頓，王浩每天依然微笑地工作；他的座右銘是——「萬事勤則易，懶則難。」

王浩如果戴上助聽器，聽得到聲音，但他不喜歡嘈雜，他遠離紛擾世界，更專心地賣房子。因為，景氣不好，不能怨天尤人，只能更努力地「少抱怨、多實踐」啊！

胡娜，原是中國知名的網球選手，但是在一九八二年，也就是她十九歲的那年，在沈建球教練的帶領下，前往美國參加聯邦盃網球比賽。而胡娜，在那次旅程中突然「消失、蒸發」，於美國尋求政治庇護，造成當年爆炸性的「胡娜事件」。

後來，胡娜在美國有八年精采的職業網球生涯，現在則定居台灣。二十六年後，為了拍攝胡娜戲劇性的前半生紀錄片，胡娜回到了四川成都，探訪影響她很大的女教練許必芳。

許教練已經退休了，全身因類風溼性關節炎而關節腫脹。她住在沒有電梯的公寓大樓，因不良於行，而無法下樓。

胡娜說，比賽時，每當自己快喘不過氣時，她都想起許教練的身影；因為，在訓練體能時，許必芳教練一定跑在她的前面；也就是——「選手跑多遠，教練就跑多遠！」

分隔二十六年，胡娜去看許必芳教練時才得知——許教練為了激勵胡娜鍛鍊體能跑步，在明知已有身孕的情況下，仍以身作則地跑在胡娜前面，最後導致「流產」。而這個祕密，她從未告訴愛徒胡娜，隱瞞了快三十年。

人生，有許多「美麗的感動」，它讓我們看見紛擾人生中，仍充滿許多真善美！我們都在學習——「讓自己心中多一點熱情和感動，成為自己再奮起的力量！」

一名阿拉伯商人對一群珠寶商說：「有一次我在沙漠中迷路，食物吃完了，飲水也沒了。在絕望中，我自知死期不遠。後來，我仔細地翻找一遍行李袋，發現一個小袋子，摸起來像是穀物。我高興地抓狂了！可是，當我打開之後發現，那是……一袋珍珠！」

珍珠，價值再高、再珍貴，在急需食糧救命時，它跟石頭差不多，只會帶來絕望和痛苦。

在人的靈性中，美麗、動人的故事是最珍貴的；它讓我們找到人性中的美善與溫暖！只要我們心中有愛、有熱情和感動，我們的生命都不會「窮到只剩下錢和珍珠」啊！

《後記》

我曾經寫過許多文章，都令我十分感動！為了讓這些動人心弦的故事，能夠彙編在一起，我特別將這些感動的故事，集結成這本《一生難忘的感動——動人心弦的故事精選》。這些故事散見在我寫過的書本中，但在重新整理、編排與繪新插畫之後，讓我又重新領略人性的真善美，以及真情的感動。希望您也喜歡，謝謝大家！

Part 1

珍惜生命，真心付出關愛

一碗稀飯的故事

♥每個孩子都希望「被看重、被接納、被肯定」。

♥投資「愛與關心」，就能點亮孩子的心燈！

長久以來，金城的爸媽都在都市裡工作，聽說感情不好，也很少回來南投看金城這「獨子」。每天，念四年級的金城就和阿嬤住在一起，相依為命。

也因沒有父母教導，金城變成一個頑劣的小孩，他在學校裡，常欺負同學；放學時，路邊撿到樹枝，就往人家院子裡丟；有時，甚至撿石頭，莫名其妙地對小朋友亂扔。一天，有個老阿嬤帶著孫子來向我告狀，說金城又拿石頭丟她小孫子……

說真的，我很頭痛，金城沒有父母同住，行為是如此頑劣、乖張，我

也講過他好幾次，但都沒用，他還是我行我素。

不過，金城的體育很棒，賽跑都是「第一名」；相反地，我的小兒子手腳不靈光，賽跑都是「最後一名」。所以我靈機一動，就對金城說：「金城，你賽跑那麼棒，你來當老師兒子的『賽跑老師』好不好？」

金城很高興地說「好」！可是我那才念一年級的兒子十分害羞，不肯學賽跑。不過，金城天天很有耐心地，自己跑操場，示範給我兒子看；跑了六、七遍之後，我兒子才肯和金城手牽手，學習慢跑。

一天，金城發高燒，兩天沒來學校上課。

中午，我到菜市場買了一些蘋果，再到金城家探望他。金城和阿嬤住在一個又黑又暗的屋子裡，他的小床，就擺在客廳的角落，沒有窗戶，沒有亮光。

全身發高燒、躺在客廳小床的金城，一看到我，就開始掉眼淚；年老的阿嬤也難過地在一旁說：「這囝仔發燒成這樣，我嘛不知要怎麼辦？他爸媽已經半年多沒回來看他了……」

我從來沒看過金城哭過，以前他都是頑劣不冥地向人扔樹枝、丟石頭。可是，這孩子，爸媽似乎已經不要他了；他，躺在床上，孤伶伶地，把一張哭泣、流淚的臉，轉向陰暗的牆壁。

我靠近金城，蹲下來，摸摸他的額頭，拭去他眼淚，也用涼的溼毛巾擦擦他的臉，並把蘋果放在他的床頭。看著金城，我突然覺得，他不是頑劣、不聽話的壞小孩；他，只是缺乏「爸媽的愛」的可憐小孩啊！

此時，我撫摸著金城的頭，看著他的淚，嘴巴也哼唱著「兒歌」——「藤搖籃，竹搖籃，好像一隻小小的船；小寶寶，閉上眼，快快坐船出去玩！漂大洋，過大海，不用槳來不用划；小寶寶，閉上眼，快快坐船出去玩……」

不久，咱們南投發生了「九二一大地震」，學校附近也是極為嚴重的災區，房屋倒了，到處斷垣殘壁，沒水沒電，電話不通，大家也都不敢住在高樓，紛紛跑到空地住帳篷。而我和家人，晚上也捨六樓住家（還好大樓未倒），暫住在我的教室裡。

那時，學校停課，災區一片殘破、荒亂的景象，我們白天也都是到處當志工；說真的，班上是不是有小朋友在地震中罹難，我真的不知道。可是，當我偶爾回家時，我聽到電話答錄機中，有一個聲音，打了好幾次來問：

「老師，妳好嗎？……我騎腳踏車到處找妳，都找不到妳……老師，妳好嗎？……」那，是金城的聲音——多麼可愛、多麼溫暖的聲音！

兩天後，金城騎腳踏車到學校來，意外發現我住在教室裡，他好高興；他看我在教室沒有水，就立刻回家，在路邊排隊、要水，然後抬了一大桶水來教室給我。

隔天，當我清晨六點醒來，發現教室外的窗台上，放著一大碗「熱騰騰的稀飯」；正當我查看是誰放了這稀飯時，只見一人影從遠遠辦公室的角落閃過。我沒看見他的臉，但我真心收下他的好意——吃下一碗「熱騰騰的稀飯」。

翌日，清晨一起床，開門，教室外又是一碗「熱騰騰的稀飯」。這次，他不巧被我撞見了，果然是金城，跟我心中猜想的人一樣！於是我問他：「金城，這稀飯是你拿來的？」金城點點頭。

我又問：「那稀飯是哪裡來的？」

金城不好意思、羞怯地說：「老師……是我……早上五點多去跟人家排隊，要來的！」

此時，我的眼眶頓時紅了起來！

孩子，謝謝你，真的謝謝你一大早起床、跟人家去排長長的隊，把一大碗「熱騰騰、充滿愛的稀飯」送來給老師。

這，淡淡的菜稀飯——是我一生中所吃過「最香、最好吃」的稀飯！

「老師，這是我……早上五點多……去跟人家排隊要來的！」

小啟示 感動

我的好友「**倪美英老師**」跟我講了上述她的真實故事時，讓我想起教育心理學中，有所謂的「**亮點治療**」，亦即每個孩子、每個人都有其「**生命的亮點**」；老師和父母，都必須盡量發覺其「亮點」，並藉此鼓勵他、讚美他、給他有表現的機會，也讓他的生命亮點「更加明亮」！

其實，教育，不就是在「點燃孩子的心燈」、「點亮孩子的希望」嗎？

愛的教育，並不在要求對方「立即改變」；愛，是需要投資的，我們需要投資「關心、耐心與信心」，讓孩子看到自己的「亮」與「能」。

每個孩子、每個人都希望「被看重、被接納、被肯定」！只要我們有慧眼，就可以將駑馬變成「千里馬」；只要老師有耐心、有愛心，頑劣的孩子也可能變成「鑽石」和「珍珠」啊！

她拿針筒扎自己肚子

珍惜自己，直到生命的最後一分鐘。
別蹧蹋自己，更別讓父母親傷心！

有個相知甚久的女性朋友打電話給我：「小戴啊，我……我終於有了！」

「真的？……太恭喜妳了！一定很辛苦對不對……這次花了多少錢？」

我真為她高興，因她的子宮內膜異位，無法正常受孕，結婚五、六年，一直沒有小孩。而她也三番兩次找名醫做「人工受孕」，但都未能成功。

此時，她在電話那端哭了起來：「這次花了十二萬，比上次那個醫生還貴兩萬……你知道嗎？為了這個小孩，我常常要用針打自己……總共打了五十一針！」

「啊，用針打自己？為什麼？」

「醫生交代我，每天都要打黃體素，來增加子宮壁的柔軟度，使胎兒容易『著床』……可是每一針只有打兩西西，劑量這麼少，怎麼好意思天天叫護士幫我打？而且，如果找不認識的藥局打針，每次都還要向別人解釋——因為我不會生，所以要打黃體素兩西西，這多丟臉啊！所以，護士就教我自己打，可以打屁股、肚子和手臂……」她幾乎是強忍著、低泣地說道。

「可是，妳屁股怎麼打？」我問。

「是啊！屁股和手臂我都打不到，所以我就強迫先生幫我打。可是，我先生手拿著針筒一直發抖，說：『叫我拿針戳自己的老婆，我真的做不到啊！』」她在電話中，一邊說、一邊啜泣了起來。「那時，我哭著告訴我老公說：『你不幫我打，誰幫我打？到這個關頭，要做孩子，你也有份啊！而且又花了十二萬，不打，萬一小孩又流掉怎麼辦？』」

為了這個小孩，我常常用針打自己……總共打了五十一針！

聽她在電話中泣訴著，我也感到一陣辛酸。她又說：「所以，我老公硬著頭皮幫我打針，他一天打我手臂、一天打我屁股，肚子我就自己打……我都是在我老公上班後，才自己拿著針筒扎自己肚子。有時，我一邊打、一邊哭，打得手都發軟了……覺得自己為什麼要這麼委屈、這麼受罪？……可是，我又那麼盼望自己能懷孕，有個小孩！」

「沒關係啦！現在懷孕就好了，一切痛苦都是值得的啦！」我真的辭窮了，只能這樣安慰她。

一想到這女孩，我就感到難過。她，大學畢業，長得十分清秀、可愛，可是她的子宮內多長了「一層膜」，受精卵無法進入受孕，所以曾找多位醫生想盡辦法做「人工受精」，但都失敗。這次，換個收費更貴的醫生，在她的肚子上打三個洞，把受精卵植入她的輸卵管，然後，叫她「躺一個星期」，不能亂動。

痛，是可以想見的！可憐的是，受孕手術後，還要自己拿針筒不斷地戳自己的肚皮。而且，一直戳、一直戳，卻還不能保證，肚子裡的小胚胎是不是會安然、乖乖地躺著，還是會變成經血流出來？**她只能天天提心吊膽、天天按時打針、天天默默祈禱——「上帝啊，求您憐憫我吧！求您賜給我一個小孩吧！」**

我閉上眼睛，想像著，「她一邊哭、一邊掀起自己衣服，拿針筒戳自己肚皮」的情景。真的，我也好想哭，要不是很想當個「母親」，是很難忍受這種苦的！而且，這種苦，是我們男人永遠無法體會的。

兩個星期後，她又打電話來：「小戴啊，我去醫院照超音波了！我看到我肚子裡的小孩了耶！」

「真的？恭喜妳啊，總算有個小孩了！」我真的為她感到高興。

「可是，不是『有個』小孩，而是『有三個』小孩！」她俏皮地說。

「啊，三胞胎？天哪……那怎麼辦呢？一次生三個很累人的！」

「是啊，我現在又開始煩惱，必須再找醫生幫我『減胎』了！」她又高興、又傷感地說道。

小感動啟示

上帝創造女人時，似乎就賦予她「生育」的本能；但是，有些渴望擁有孩子的女性，卻無法自然懷孕，必須花許多錢，透過醫學科技，並忍受無數的痛苦，才能達成當母親的願望。

我們必須懂得「珍惜生命」，更要勇敢地保護自己，直到生命的最後一分鐘；畢竟，母親在肚子裡懷著我們時，是非常辛苦的啊！

就像本文中的女主角，雖然她現在已減胎成為「雙胞胎」，但心裡卻擔心、害怕——怕吃得太少，肚子裡的兩個小孩營養不夠；可是，肚子都吃得那麼大了，已經吃不下了呀！而且，等小孩順利出生，還要花好多錢請保母幫忙照顧啊！

所以，《愛的教育》作者亞米契斯寫道：「一個人如果使自己的母親傷心，無論他的地位多麼顯赫、多麼有名，他仍是一個卑劣的人。」

在法庭上痛哭失聲的爺爺

♥老天總是選擇我們最痛的地方，來考驗我們。

♥多愛別人，就會獲得更多的愛！

你曾在電視上看到藝人「黑人」嗎？就像他的藝名一樣，「黑人」的皮膚黝黑，牙齒很潔白，笑起來十分燦爛，很適合拍牙膏的廣告。

黑人，本名叫陳建州。他的身材很高大，我站在他旁邊，身高只到他的肩膀。過去，他是一名籃球員；現在，則是一名知名藝人，也熱愛公益，對推廣籃球更是不遺餘力。

我和黑人認識，是在一場由公視主辦的「校園感恩座談會」；他笑口常開，充滿自信和活力，隨時把歡樂帶給大家，所以深獲年輕學子的喜愛。

那天，黑人在台上講了他年少時，不為人知的故事……

一九九四年四月二十六日晚上，他正在睡覺，妹妹走過來搖醒他說：「哥，起來，爸爸出事了！」

「出什麼事？」黑人揉著惺忪的睡眼說，「怎麼啦？」

「你趕快來看電視，看NHK。」妹妹緊張地說。

一看到電視畫面，是飛機空難的新聞——「一架華航的飛機，在日本名古屋發生墜毀的意外，死傷人數不明……」看著電視螢幕的畫面，黑人的心不停地怦怦跳；只見飛機墜落地面的殘骸四處散落，還不時看見殘餘火花、濃煙，以及焦黑的乘客遺體……

天哪，怎麼辦？爸爸是在這架飛機上嗎？爸爸是華航飛機的座艙長啊！爸爸會不會……

NHK的衛星畫面左上角，不時打出死亡人數的統計，從個位數，到十位數，一直竄升到百位數。黑人的心，也一直往下掉！家中的電話，不停地響起，都是打來關心、慰問的電話。這時，電視的跑馬燈不停地播著：「華航飛機在名古屋墜毀失事……」

睡意，全沒了；黑人此時懸念、擔心、在意的，是爸爸的生命安危。

然而，後來電視上說，飛機上兩百六十四人全部罹難，包括八十三名台灣旅客，以及一百八十一名日籍旅客；而畫面上，赫然出現爸爸的照片，旁邊寫著「座艙長，陳培元」。

黑人說：「一開始，我並沒有哭，直到凌晨三、四點，我才痛哭了起來。」

這時，黑人真的變成孤兒了，因為，他小學四年級時，媽媽和爸爸就離異了，他們三兄妹一直和爺爺、奶奶住在一起；而爸爸在華航服務十八年，沒有請過一天假，過的是「在天上比在地上多」的日子。

我看著黑人的眼眶泛紅、聲音哽咽了。想到媽媽不在，又失去爸爸的椎心之痛，任憑誰，都會難以忍受。

黑人忍住眼角淚水，繼續說：「我爸爸是穿著英挺的白襯衫出去，沒想到，卻變成紅襯衫被找到。我們去認屍時，體育館內，全都是燒焦的屍臭味，讓人好想吐……副機長的頭磨地，被削了一半。也有媽媽為了保護孩子，雙手緊抱著孩子，焦黑的屍體纏抱在一起，分都分不開……我爸爸的後腦，也破了一個大洞；屍體被解剖之後，又被簡單地亂縫了起來，就像一個鐘樓怪人一樣……」

爸爸突然的離開，對黑人來說，是一大打擊。他，沒人管，血液的叛逆因子，因缺乏爸媽的愛，而逐漸蔓延、發酵。他為了尋求同儕的慰藉，交了一些朋友，可是這群朋友血氣方剛，喜歡蹺課，喜歡打電動，喜歡瘋狂蹺家夜遊……

一天晚上，黑人和這些朋友騎機車無照駕駛、夜遊；在硬闖黃燈時，與另外一輛機車，「碰」的一大聲，硬是撞在一起——「他媽的，你騎車不長眼睛啊？你喝醉了？」兩輛車倒在地上，黑人的這群朋友立刻圍了上來，髒話、三字經也就脫口而出。

「法官大人，是我沒把他教好……請原諒他，給他一個改過自新的機會……」

這時，黑人更是第一個「開砲」，一腳就用力往對方踹了過去，大夥兒竟把對方海扁、痛揍一頓，滿頭是血，然後，一哄而散！

可是，隔天，黑人和朋友共五人，被抓進警察局了，因為他們被對方記下車號，報警抓人。而且，你知道嗎，被痛毆的這名老兄，竟然是「立法院駐衛警」。這下完了，他們被關了起來。

後來，在少年法庭法官宣判時，黑人和朋友五個人，全被銬在一起，帶到法庭；這群未滿十八歲的孩子，後面站的都是監護人——父親，唯獨黑人的監護人是「爺爺」，因為，他沒有爸爸、沒有媽媽。

法官一個一個問：「X先生，我馬上就要宣判了，你對你的孩子的行為，有沒有什麼要補充的？」

三個爸爸，都搖搖頭。唯獨一個賣牛肉麵的爸爸說：「我沒什麼意見，任憑法官處置，你能判多重，就判多重，沒關係……」這時，大家都驚訝地回頭往後看。天哪，這爸爸，似乎是對兒子太失望，死心了。

最後，法官看著黑人，也看著爺爺，問道：「陳爺爺，我馬上就要宣判了，你看，還有沒有什麼要補充的？」

此時，爺爺竟然大聲地哭了起來。爺爺一邊哭、一邊心碎地說：「法官大人，我這個孫子……從小就沒有媽媽，爸爸也在去年，因為華航名古屋空難……走了……法官大人，都是我不好……是我……沒有善盡教養的責任，沒把他教好……我希望……你能原諒我孫子，給他一個改過自新的機會……不要把他關起來……法官大人，如果，你要我跪下的話……我現在就可以跪……」爺爺一直哭、一直擦著鼻涕。

「一個老人家，一直放聲大哭，整個法庭，就只有聽到我爺爺的哭聲，可是，我始終不敢回頭看我爺爺一眼，我完全沒有勇氣正眼看他……」黑人在我旁邊拿著麥克風，對著台下的學生繼續說道：「當時，爺爺的這一番話，深深刺進我的心，那時我低著頭，站在前面，我的眼淚也掉下來！」

或許是爺爺的眼淚和告白，感動了法官，最後，法官輕判陳建州在家「保護管束」，警察每天會到家裡來巡察；而他的其中兩名朋友，被關入台北觀護所，拘役十七天……

從那一刻起，黑人決定要洗心革面、改過自新，他天天苦練籃球。

黑人說：「爺爺奶奶對我很好，每天我練完球回家，都很晚了，奶奶都會煮菜給我吃，補充營養；可是，我實在沒有臉見他們，**我都是躲在院子外，趴在牆上偷看，看爺爺奶奶累了，都回房間睡覺之後，我才敢偷偷回家……我告訴自己，我一定要變好，不能變壞；我要用籃球，來證明我改過向善的決心。**」

那一年，黑人因爺爺的眼淚，而改變了自己；他也在不斷苦練之後，被選為「亞青盃國手」，代表國家出國參加比賽。他，走正路、走大路，不再走夜路。他在台啤籃球隊，當一名不支薪的副領隊和行銷總監，也激勵球員用「認真的態度」打球。

您知道嗎，台啤隊曾經瀕臨解散，卻在二〇〇七、二〇〇八年，將士用命，連續兩年勇奪超級盃籃球賽總冠軍！

感動小啟示

人生的旅途，充滿了許多的變數、意外與無奈。父母離異了，父親遭到突然的意外，離開人世了……這都是年少的孩子所不願看見的，卻也是不得不承受的慟。

然而，這就是「老天的無情考驗」。**老天總是選擇我們最痛、最不願的地方，來考驗我們，不是嗎？**

因為人生充滿著太多突來的意外，所以，我們都必須「多留一份愛，來愛自己和家人」。

說真的，我們親愛的父母、兄弟姐妹什麼時候會離開我們，沒有人知道；**但，多一份關心和愛，來愛自己的家人和親人，我們就會發現——「多愛別人，就會獲得更多的愛。」**

我爸爸在船上當「船長」

生命中，最不為人知的傷痛故事，最動人！
多感謝父母，少忤逆父母，才會有福氣！

從小，我就很少看到我父親，因為他在船上工作。每次我問媽媽：「爸爸在船上做什麼？」媽媽總會告訴我，「妳爸在船上當船長啦！」爸爸的船，經常在世界各國航行，有時他一年才回台灣一次。可是，每次爸爸一回來，就帶了很多禮物回來，有國外的牙膏、口香糖、收音機、漂亮卡片、積木、小玩具、衣服等等，我和弟弟都好高興；甚至一些親戚聽到爸爸回來了，都會爭相跑來我家，看能不能拿到一些禮物？

我爸爸是浙江人，十八歲時搭舅舅在招商局的船到台灣玩；可是沒想到，那時民國三十八年，國共打仗，國民黨軍隊從大陸撤守，人人逃難，他回不去浙江老家了，只好留在台灣生活；後來，和媽媽結婚，生下我和弟弟。為了養家，爸爸只好上船工作，經年累月在海上工作。巧的是，我爸爸的名字就叫「四海」，似乎冥冥之中，老天就要他一生「遨遊四海」。

雖然爸爸很少回家，但我總是以爸爸為榮，因為媽媽說，爸爸在船上當「船長」，去過很多國家，不像別人連出國的機會都沒有。而每當爸爸一回國，回到台北家，他都很累、很疲倦，我都會幫爸爸搥背、按摩；我好珍惜爸爸每次下船、住在家裡的時間。

有一次，爸爸寫信回家，說他換了一家船公司，是賴比瑞亞籍的船，掛香港的旗子，會航經高雄港補給食物、飲水，但不能靠岸，只能停留在外海。爸爸信上還說，叫我們到高雄去拿一些禮物，尤其是他特別買的「黑白電視機」。

您知道嗎，那時候台灣只有「台視」一家電視台，沒有幾個家庭有電視機，所以一想到爸爸幫我們買了一台電視機，心裡就好高興。後來，媽媽帶著我和弟弟，從台北搭火車到高雄，再到港邊，搭乘接駁小船到外海，去找爸爸。

那時，我念小學二年級，好高興、好興奮，終於可以看到爸爸了！一上船，上了甲板，遠遠的，我看見一個中年人，坐在船尾挑蔥……他，胖胖的身材，很像我爸，可是，爸爸不是在當船長嗎？

這時，媽媽說：「妳爸爸在那邊，妳趕快過去！」

我愣了一下，的確，他就是爸爸。爸爸上身赤裸，光著身子，只穿短褲，脖子上還掛著一條發黃的舊毛巾，上半身一直流著汗，一個人坐在船尾挑蔥、撿菜葉……我紅著眼，慢慢走過去，輕輕叫了一聲：「爸！」

「你們來了啊！」爸爸看到我們，驚喜地說道：「很熱噢！我們的船只能停在這裡……來，我買了一台電視機，你們快來看！」

爸爸拿下脖子上的毛巾，一直擦著汗，也帶我們進入悶熱的船艙內，去看那台二手的黑白電視機。這也是我這輩子，第一次看到電視機。

爸爸微胖的身軀，光著上身，坐在船尾挑蔥……
可是，爸爸不是在當船長嗎？

可是，當我看到電視機時，我的眼淚一直流，心裡不解的是——「**爸爸不是在當船長嗎？怎麼會是撿蔥、挑菜葉的廚師？……他每天就是在那又熱、又窄的船艙廚房裡，煮菜、煮飯給人家吃？**」

回到台北，上學時，每當音樂課老師教我們唱「我的家庭」這首歌時，我總是一邊唱，一邊哭。歌詞裡說：「我的家庭真可愛，美滿溫暖又安康，兄弟姐妹真和氣，父母又慈祥……」可是，我的腦海中一直浮現的是，爸爸光著身子坐在甲板船尾挑蔥、撿菜葉的畫面。在前面彈風琴的老師，看著我一邊哭、一邊唱，但是，她從沒問過我，為什麼哭？

幾年後，爸爸有一天突然不預警地，從日本搭飛機回來了。

「爸，你怎麼突然回來了？你沒搭船，是搭飛機噢？」我問爸爸。爸爸點點頭，放下行李，疲倦不堪地癱坐在椅子上。

原來，爸爸身體不適，在船上經常鼻孔流血，甚至，連耳朵也流出血來。爸爸被送到日本醫院檢查，醫生說，是癌症，鼻咽癌，一期。公司知道後，立刻叫爸爸不要再工作了，也出機票錢，讓他搭飛機回台北。

從此以後，爸爸就未再上過船，而成為台大醫院的病患。我帶他到醫院檢查、做化療、照鈷六十。慢慢地，爸爸的頭髮掉光了，臉部皮膚也因照鈷六十，而逐漸焦黑。鼻咽癌，是很痛苦的，爸爸的喉嚨都是灼熱的，他嚥不下食物，我必須把飯、菜、肉用打汁機攪碎，變成流質的湯，讓他喝。

可是，爸爸的病情越來越惡化，他連吞水，都說很痛，嚥不下去；我只好用棉花沾水，幫爸爸在乾裂的嘴唇上擦拭、滋潤，讓他稍微舒服一點。

爸爸本來是八十公斤，後來瘦到只剩下五十多公斤。他，不能喝水，不能說話，甚至，連嘴巴呼出來的氣，都有臭異味……

他在臨終前，嘴巴已經說不出話了，只拉住我的左手，示意我伸張手掌；他在我的左手掌心上，用顫抖的食指，吃力、歪斜地寫了一個字——「孝」。

我點點頭，哭紅著眼，看著爸爸，離……開……人……世……

感動小啟示

當**倪美英老師**對我講述她與父親的故事時，曾多次泣不成聲，哭到滿臉都是淚水。她說，這是她從小到大，沉封心底的故事，她不曾對別人講過，卻一層層地被我「挖了出來」。

其實，人的生命最底層、不為人知的傷痛故事，最真實、最動人、也最撼動人心。那是最真實、無偽的，也是最毫無虛假、誇張的。

您看到了嗎——一個小女生，和媽媽、弟弟一起從台北搭火車到高雄，坐上接駁小船，滿心興奮地上大船，想要見到多時不見的「船長父親」，並拿回父親買的「二手黑白電視」；可是，一上

了船甲板，看到的，卻是光著上身、打著赤膊的父親，坐在船尾撿蔥、挑菜葉……原來，多年在海上拚命工作賺錢的父親不是船長，而只是一個在船上升火、煮菜、每天汗流浹背的廚師！

回到學校，當老師彈風琴，唱到「我的家庭」時，她，唱不下去了，滿臉淚水，可是，老師怎麼不問我「為什麼」？

爸爸得了鼻咽癌，頭髮掉光了；他躺在病床上，吃不下東西、也吞不下水、不能說話了……可是，爸，您放心，我知道，您要我「好好孝順媽媽」，我會做到的，您安心地走吧……

我們要多學習——多體諒父母、多感謝父母，也少頂撞父母、少忤逆父母；因為，子女再怎麼孝順，都無法回報父母養育、教育之恩於萬一啊！

他跪在白髮老邁的母親面前……

♥戰爭，造成國破家亡、妻離子散、生離死別……

♥「人與人、國與國」之間和平相處，是多麼難能可貴啊！

曾聽過一則故事——民國三十八年期間，大陸的國民黨與共產黨正在打仗，民生物資缺乏，老百姓生活非常困苦，而國民黨政府也準備撤退來台。

一天，在靠海的一鄉鎮，有個大約十歲的小男孩，因為媽媽叫他到街上買一瓶醬油，所以就獨自拿錢出門。當他剛買好醬油時，看到很多人驚惶地帶著行李不斷往港邊奔跑；小男孩不知怎麼啦，只見人潮越來越多，都驚嚇地一直奔逃……

人潮，真的太多、太可怕了，小男孩手裡拿著醬油，既驚慌、又害

怕，可是，他卻身不由己地被人群夾雜、推擠著走。這時，小男孩好想回家，也嚇得哭了起來；但是，他被洶湧的人潮一直擠到港口，根本無法往回家的路上走！就這樣，他，莫名其妙地被擠上了一艘船。

船，擠滿了逃難的人群，大人、小孩、男人、女人、老人……有人哭、有人叫，行李又多又亂，又吵又臭！而小男孩，手握著醬油瓶，擠在一大群完全不認識的人之中……他，不知道會被載到哪裡去？他，只記得「媽媽叫他到街上買一瓶醬油」，而今，「媽——妳在哪裡？媽——我的醬油買到了，可是，妳在哪裡？」

逃難的船，遠離了港口、遠離了故鄉，也遠離了愛他的母親！小男孩被載到「台灣」，一個全然陌生、舉目無親的地方。下了船，他，眼神呆滯地拎著一瓶醬油，茫然地走、漫無目標地走……

這小男孩，沒念啥書，在台灣島上流浪，自力更生，孤獨生活。他十分想念媽媽，他知道，媽媽也一定很想念他。可是，台灣和大陸在打仗，是敵對雙方，根本不可能有音訊。「媽……妳好嗎？……妳是不是找不到我，心也很痛，每天哭泣地找我？」

十歲，原本應該是在媽媽身旁撒嬌，備受疼愛、調皮搗蛋的年紀，怎知，只因聽媽媽的話，出去買一瓶醬油，就變成一個「孤兒」！而且，不只是孤兒，更是舉目無親、身處異域的「可憐流浪兒」。

四十多年過去了，小男孩也快變成老人了，他孤獨地過日子，也四處找人打聽大陸老家的狀況。台灣解嚴後，國民黨政府開放大陸探親，許多榮民開始與大陸親友通信，並陸續興高采烈地帶著一大批禮物與家電用品，返回大陸與家人團聚；然而，這小男孩，噢，不，他已經是五十多歲的老人，卻只帶著「一瓶醬油」回家。

分隔四十多年，也經歷了兵戎戰亂，不過，古樸的家園尚在；這歷經風霜的老人找到了老家，發抖地……走進客廳……。當他見到了白髮老邁的母親時，噗通地跪在地上，大聲哭著說：「媽——醬油——我買回來了——」

感動小啟示

戰爭是非常可怕、無情的；它，造成國破家亡、家園殘破、妻離子散，也讓一個人的一生，顛沛流離、生離死別⋯⋯

假如我們是那個媽媽，叫兒子出去買個醬油，兒子卻從此一去不復返，我們的心是多麼撕裂、哀痛啊？四十多年，兒子不知道是生、是死，也不知道他在哪裡，這母親，真是生不如死啊！

再說，如果我們是那小男孩，才十歲，只是聽話地出門去買一瓶醬油，就被擠到一個茫茫不知的世界。他，叫天天不應，叫地地不靈；他，從小就必須忍著流浪、無助的驚慌和恐懼，也承受著失去父母和兄弟姐妹的煎熬，這——又是多麼令人心痛如絞啊！

戰爭，是殘酷、是殘忍的，可是，許多政治人物為了個人利益，以意識型態掛帥，鼓惑民眾說：「打仗就打仗嘛，怕什麼？打仗又不一定會打輸！」**唉，怎麼說打仗沒什麼？一打仗，多少人流血、死去，多少母親夜夜哀嚎，捶胸哭瞎了眼⋯⋯**

「人與人、國與國」之間和平相處，是多麼難能可貴啊！

愛他，就不要詛咒他！

♥惡毒的詛咒，常是為了發洩心中的不滿！

♥不要「急著說、搶著說」，而是要「想著說」。

美芬是我的朋友，她在移民出國前的一次見面時，告訴我她的故事……在大學念書時，美芬就和她的男朋友一起通過托福考試，準備男友退伍後，兩人結婚，再一起到美國留學；所以，當男友於馬祖服役時，美芬也考上了一家航空公司，當起空中小姐來。

年輕漂亮的美芬受訓完後，就在國際航線上服勤，但是，最令她興奮、期待的，卻是她空勤回家後，即可看到男友從馬祖天天寄來的信或卡片；這一疊信，美芬的姊姊都會依寄信日期，幫她排列、整理好。

一天，男友從馬祖放假回來，美芬也安排休假，兩人到名勝古蹟遊玩。男友總是那麼羅曼蒂克，常送些鮮花、巧克力或洋娃娃，令美芬驚喜不已！尤其是男友在返回馬祖的前一夜，送給美芬二十朵玫瑰，也深情款款地說：「親愛的，再過幾天就是情人節了，我無法在妳身邊，這束玫瑰，就先代表我的心意。妳再等我四個月，我就退伍了，我們可以結婚，一起到美國去念書！」男友說完，也給美芬一個深吻。

然而，男友回外島部隊後的兩個星期，美芬遲遲沒有收到男友的一封信，也沒有卡片，連一通電話都沒有。「或許是他剛回部隊比較忙吧！」美芬心裡這樣想。

可是，三個星期過去了，怎麼每次一回到家，書桌上都空空如也，沒有任何一封信或留話？美芬心裡越想越氣，男友竟然這麼狠，變心了，把她給甩了，還虛情假意地說，情人節快到了，先送妳一束花！現在情人節都過去了，一封信也沒有。

「這臭男人、死男人，不曉得死到哪裡去了！都快退伍了，還搞什麼飛機？這樣怎麼結婚啊？」美芬在姊姊面前，臭罵男朋友。但是，姊姊坐在沙發上，一言不語。

美芬繼續罵道：「搞什麼嘛，分手也要告訴我一聲啊！我同事都嘲笑我：『妳男朋友失蹤啦，還是兵變啦？人家兵變，都是女的甩掉男的，妳不要被男朋友甩了，自己還不知道啊！』」

美芬越罵越大聲，神情激動地說：「我寧願他去死，也不要莫名其妙地被他甩了！幹嘛啊！這樣整我、折磨我幹什麼嘛？」

在旁的姊姊一聽，眼眶開始紅了起來。

「現在就算他回來找我，我也不理他了……」美芬繼續生氣地說。

「好啦！妳……妳不要再罵他了……」姊姊突然紅著眼、顫抖地說道：「妳男朋友……他……早已經死了！」

「啊——」美芬愣了一下，說：「妳開什麼玩笑！他上個月才回來啊

♥ 情人節前夕，男友深情款款遞送她一大束玫瑰花……

……」

「真的啦！妳男朋友回部隊的隔天，就被連上阿兵哥精神錯亂拿槍打死，是從背後打死的，那阿兵哥也舉槍自殺……一共打死了六個人！」姊姊滿臉淚水地說：「妳男朋友的媽媽兩個多星期前，就打電話來要告訴妳，但剛好妳在飛機上服勤；我和小阿姨商量後，決定暫時不告訴妳！但是我看妳卻像瘋子一樣，不斷地咒罵他、詛咒他，聽了我都很難過……」

當天晚上，美芬全身發抖地走進男友家客廳時，男友的母親抱著美芬大哭一場；那熟悉的臉龐——男友的遺像，就掛在客廳的中央，骨灰盒也已經由國防部送回，放在供桌牌位上。

男友還沒有安葬，因為本省有一習俗，長輩不能為晚輩辦喪事；而男友是家中獨子，家人還在考慮該何時下葬？

看著男友的遺照，美芬猛然想起她對男友的詛咒——「我寧願他去死，也不願被他甩了！」心中又是一陣刺痛，也哭得死去活來，自責不已！

「出殯時，我戴著墨鏡，參加他的葬禮。」美芬口氣平靜地告訴我這故事的結局，畢竟事情都已經過去半年了！

「我只是他的女朋友，但是出殯下葬那天，他的親戚朋友們都一直看著我，好像我是『未亡人』一樣！」美芬有點玩笑地對我說道。

「有時候，我想起以前詛咒我男朋友的話，心裡就很痛、很難過！當時，我罵他『寧願他去死，也不願被他甩了！』可是，現在我的心情，卻真的是——『我寧願被他甩了，也不願他去死！』」美芬真心吐露她的心聲。

雖然，男友不是因美芬的「詛咒」而死，但是她卻因此而「終身遺憾」，也為自己對男友的詛咒而懊悔不已！

「所以，我現在學會不說詛咒他人的話，因為萬一這些詛咒『成真、應驗』了，我們一輩子都會很痛苦……現在我常很後悔，為什麼我那麼愛他，還要去詛咒他呢？」美芬說著說著，眼淚又掉了下來……

小感動啟示

人在面對自己不悅、痛恨的事，而又無技可施時，常藉著「詛咒」，來抒發心中的不滿情緒。所以，有一位小姐罵到她那刻薄、專找麻煩的上司時，憤恨地說：「真希望他生的小孩沒屁眼！」而在雨天，被疾駛而過的機車濺得全身污水時，她大聲痛罵：「死人啦，你到下個紅綠燈會被撞死！」

也有一個愛賭博、喝酒的丈夫，在下雨天還要出門喝酒，太太苦口婆心地勸他，但怎麼攔也攔不住，丈夫硬是要撐著傘出去買醉。結果，丈夫走不到五十公尺，電線斷裂，掉入積水中，而撐著傘的丈夫，真的就被強力電線「電斃」了。

惡毒的「詛咒」，常是為了發洩不滿；但萬一「詛咒成真」，卻令人痛苦一輩子，後悔不已啊！

的確，說話時，我們都要記得——「不要急著說、搶著說，而是要想著說」，才不會後悔不已啊！

痛苦會過去，美麗會留下

♥人生最大的悲哀，就是懷疑自己的能力。

♥在人生道路上，不能退縮，要勇敢站出來！

在台北市政府舉辦的「台北文學獎」露天頒獎典禮中，得獎的寫作高手們排排站，等待拍合照。其中，有一瘦弱的女子，靜靜地坐在輪椅上；顯然地，她的高度，比其他得獎者「矮了一截」。

她，王秋蓉小姐，出生七個月就罹患「小兒痲痺症」，兩腿和左手都是軟趴趴的，沒有力氣，只有右手，還可以用點力。在十四歲以前，她沒見過外面的世界，因為她是「殘障小孩」，不能走路，無法和其他小孩一樣，蹦蹦跳跳、到處玩耍。

十二歲那年，王秋蓉把彎曲變形的腳拉直；直到十四歲，她才第一次上小學，與小朋友一起學習注音、算術。

「有時候，我很沮喪、很挫折，為什麼老天這樣待我，讓我手腳都沒力氣、不能走路？」秋蓉坐在輪椅上，對著我說：「有時我好怨、好不甘心哪！」

所以，秋蓉在她得獎文章〈走出去〉一文中寫道：「幼年失學在家，對我而言，幾乎變成了囚犯的牢籠，而窗外則是我整個童年的世界，每日朝迎晨曦、晚送夕陽……」「我是個終生被剝奪行動能力的人，在種種貧乏的生活中，對環境的耐力與生存意志的嚴酷考驗，是非常痛苦的一個過程。」

而在客廳裡，秋蓉告訴我，身為不能站、不能走的殘障者，要生育、養育小孩的難處——**「我是剖腹生產的，小男嬰一生出來，最痛苦的是『要怎麼幫他洗澡？』我先生也是殘障者，他白天要賺錢養家，我一個人**

在家照顧小孩。我只好把一盆子的水，慢慢、慢慢地拖到臥室牆邊，我的左手沒有力，但還可以靠著牆、撐著小嬰兒的頭，我就用右手慢慢幫他洗澡，我……我好擔心他會滑進水裡、溺斃啊！」

就這樣，秋蓉用一隻手幫小嬰兒洗澡、餵奶，可是，她動作慢，每洗一次澡、餵一次奶，都要比別人多花三、四倍的時間。

有時，小嬰兒因體質差，常發高燒、氣喘，看著病痛的兒子，也等不及先生下班回來，秋蓉就自己坐上輪椅，手抱著小嬰兒，獨自推著輪椅往醫院去。**家窮、坐不起計程車，可是，人行道沒有「無障礙設施」，她的輪椅上不去，只好抱著小孩，讓輪椅和汽車、機車一起走在馬路上。許多汽、機車從旁呼嘯而過，秋蓉手上的兒子哇哇大哭，她也跟著一起哭……**

醫院的路，是那麼遙遠、那麼漫長，還要推多久啊？雖然右手推椅輪，已經瘦得不能動了，但是，她還是忍住痛、忍住淚、絕不放棄，繼續推、再推！因為——「孩子是我的責任，既然我已經生下他，就有責任照顧他長大！」秋蓉說。

好不容易穿過來往的車流，而懷中的娃娃似乎也知道，媽媽的右手要推椅輪，自己必須「緊緊地抓住媽媽的衣角」，才不會滾下輪椅；可是，一到了醫院，媽媽又開始哭了，因為「層層的階梯」，媽媽上不去、沒辦法抱你去看醫生啊！

好，兒子乖、不要哭、不要哭，媽媽心疼啊！此時，秋蓉只好按「急救鈴」，請護士出來，把娃娃抱進醫院就診。

小嬰兒終於慢慢長大了，開始學爬、學走路了。可是，媽媽還是不會走路啊！秋蓉爬下輪椅，陪著腳步蹣跚的兒子在地上爬；秋蓉趴在地上，先「往後退一步」，也拉著兒子「往前進一步」。兒子啊，你要小心走、慢慢走，別跌倒哦！要倒，你可以向前倒，「倒在媽媽身上」；媽媽雖然殘障、不能走路，但身子還可以給你當「肉墊」，你可不能跌傷、跌疼哦！

孩子生病，我就自己坐輪椅，手抱小嬰兒，獨自推著輪椅到醫院去。

「當時，妳沒有請保母帶小孩啊？」我問秋蓉。

「沒有。一來經濟不許可，二來我怕小孩如果長期給保母帶，以後回來，一看到我殘障的樣子，會不能適應！」秋蓉笑著說。

幸好，兒子很乖、很聽話，不調皮、不會惹麻煩。而兒子從念小學開始，一年四季，不管是晴天或雨天，秋蓉都交代兒子要「帶傘」。有時，同學會取笑他，「大太陽」幹嘛還帶傘？頭殼壞去啊！

可是，兒子啊，你要記得，天有不測風雲，豔陽天，還是可能「突然下起雨」啊！如果變天、下雨了，媽媽不能走路、不能像別人的媽媽，可以一通電話打回家，就立刻把雨傘送去給你呀！你要記得「每天都要帶傘」，不要怕別人笑，不然，媽媽會擔心呀！

「一切痛苦，都將成為過去！」是的，秋蓉克難自勵、咬緊牙關，艱忍地走過坎坷的歲月。而日漸長大、懂事的兒子，也成為媽媽的雙腳，背著媽媽上上下下，幫媽媽分擔家事；更讓媽媽高興的是，念二技的兒子，在校時也得過兩次「孝行楷模」的表揚。

在結束訪談，即將告辭時，我對秋蓉說：「再次恭喜妳得到台北文學獎，下次我再多帶一些我的書給妳，請妳指教！」

「噢，不用急，我看書很慢！你今天送我三本，我就要看很久了！」秋蓉對我說：「我必須躺著看書，因為我的身體沒有力氣，坐不住。可是躺著看書，把眼睛都看壞了，現在我『近視九百度』，眼壓很高，每次看書二十分鐘，就要休息一下。」

「妳坐不住的話，怎麼寫稿？」我問。

「我都是趴在床上寫……寫一下子，就要停下來休息！」

只有「國中畢業」學歷的秋蓉，堅毅不屈地趴在床上，一字一字地寫作，目前她已發表百餘篇充滿生命力的文章。

踏出秋蓉租住的屋子，萬分的感動，流過我心……

《後記》

三年多前，秋蓉打電話來，邀請我在她兒子的結婚典禮上，擔任證婚人！天哪，我什麼時候已老到「德高望重」，可以當別人的證婚人了。

可是，秋蓉的誠懇邀請，讓我無法推辭，因為她說：「戴老師，我只有認識您這個名人，請您務必幫我這個忙……」

結婚典禮當天，我帶著內人和兩個孩子，去參加秋蓉兒子的婚禮，也上了台，講了一些證婚人的話……

三年後，秋蓉又打電話來告訴我：「戴老師，我要送你油飯囉！我媳婦生了女兒，滿月了，謝謝你當我兒子的證婚人……」

電話中，秋蓉的聲音充滿喜悅！她，曾經用全部的愛和力量來撫養兒子，如今，苦盡甘來，孝順的兒子和媳婦，以及小孫女，成為她最大的慰藉；而屢屢得獎的文學作品，也成為她心靈中極大的鼓舞！

小感動啟示

看過日本電視劇「阿信」嗎？阿信生長在貧窮家庭，常受人欺負，但她總是「樂觀、微笑，從不掉淚」！看過電影「亂世佳人」嗎？郝思嘉在戰亂中，丈夫離去，但她也從不掉淚；她對未來仍抱持希望，所以她說：「明天，太陽依然會升起！」

是的，人生難免有許多挫折，也可能有許多悲戚的際遇，但不管今天如何糟糕，一樣都會過去，明天依然會有「陽光與花香」。

其實，人最怕失去了「信心與勇氣」，也最怕「放棄自己」！而且，人生最大的悲哀，就是「懷疑自己的能力」！

的確，在人生路上，我們絕不能畏縮，必須「勇敢站出來」，才有機會！因為我們絕不會被「高山」絆倒，會將我們絆倒的，常是我們心中「懦弱膽怯的小石頭」啊！

Part 2

笑容洋溢，多幫別人加水

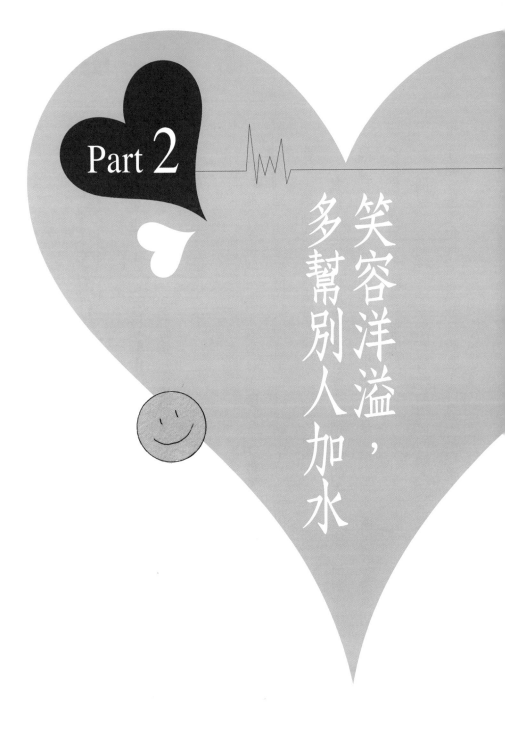

媽媽挺的大肚子有多重？

♥世界上一切光榮和驕傲，都來自母親。

♥當常感謝「無怨無悔、不辭辛勞」的母親！

有個公家機關，為了減輕員工繳交子女數萬元學費的壓力，特別實施一項優惠措施，即員工可以在開學時，先預借「子女教育補助費」，等到取得學費繳付收據後，再辦理結報。

其實，這樣的措施會添增會計、出納人員的作業負擔，但對家中有小孩念私立大專院校的基層員工來說，卻是一項福音，所以許多清寒的員工都預借了這筆「子女教育補助費」。

開學一星期後，一女工友將先前預借的錢，又全數繳回；承辦的會計小姐一臉不悅地說：「妳幹嘛呀！妳這不是在整人、在找我麻煩嗎？好不容易把錢爭取來，預借給你們用，妳現在又要繳回來，搞什麼嘛！」

只見女工友低著頭、臉不敢抬起來，侷促不安地說：「對……對不起啦！我……我也不知道，我那個女兒這學期……怎麼突然被學校退學了！」

每當我聽到某個學生「被退學」時，就想起這個故事，腦海中也浮現「女工友低著頭，向會計小姐輕聲道歉，一直賠不是」的景象。可憐的窮苦母親，必須到公家單位當工友，以微薄的薪水來撫養子女，奈何子女竟不知上進，而放蕩到「被退學」來回報。我在想，那女工友手抱著錢，低頭還給會計小姐時，不知是多麼「心痛」啊！

也有一個媽媽，女兒就讀於某國立大學，由於女兒熱心於學校社團，也兼有家教，所以經常不在家裡吃飯。一天傍晚，女兒突然提早回家，因家教學生生病，不用去上課；媽媽一聽很高興，趕緊叫女兒過來吃晚飯。

可是，女兒卻一副懶懶的樣子，不吭一聲。

「有沒有想吃什麼？媽再去做點菜給妳吃！」媽媽又耐心地問道。

「吃！吃！吃！妳就只知道吃！妳看，我都已經這麼胖了，妳還一直叫我吃，要我吃到死是不是？」女兒突然對著媽媽大聲吼叫道：「拜託妳，要吃，妳自己吃就好了……除了吃，妳還會問我什麼？」

媽媽被女兒這「突來一吼」，當場傻眼，心碎地放下碗筷，也含著淚，將飯菜收進廚房。

曾有一位先生，經常主動打電話到各學校，要求對學生做「闡揚孝道」的免費演講；但許多學校因這位先生知名度不高，而且不收演講費，心中難免產生「防衛心」，懷疑他是不是來推銷商品的。

但這位先生鍥而不捨地再三要求，並且保證「不推銷任何商品」，所以某國中校長才准許他對全校學生演講。

演講當天，這位先生手提著「兩桶三公斤重的礦泉水」，走上講台；

在開場白之後，他便邀請五、六個男女學生上台，要他們提提看這些水，重不重？

「嗯，很重！」提過兩桶礦泉水的同學都異口同聲地說。

「對，很重！這兩桶礦泉水加起來有『六公斤』，但是，你們知不知道，媽媽在懷孕時，每天挺著大肚子，大概有多少公斤重呢？」這先生在講台上對全校學生說：「**我想，你們大概很少人知道，當你們還在媽媽的肚子裡時，加上羊水的重量，媽媽挺著的大肚子，可能是十五公斤，甚至是二十公斤！如果是二十公斤，就比這兩桶礦泉水『重三倍多』**……」

這位先生放下手上的礦泉水說道：「我們的媽媽這麼辛苦地挺著大肚子，又把我們生下來；而且，你們知道嗎？媽媽生產時會很痛、很痛，也可能有很多危險！像我的媽媽……她就是在生我的時候，因難產、失血過多，而過世……所以，我這一輩子，從來就沒有見過我的媽媽……」

感動小啟示

蘇俄作家高爾基說：「世界上一切光榮和驕傲，都來自母親。」

的確，人的一生，若有些值得誇耀的成就，最應該感謝的，常是「無怨無悔、不辭辛勞」的母親。

然而，兒女在成長過程中，卻無法體會父母的勞苦，有時莽撞頂嘴、有時不知學好；所以，**莎士比亞曾說：「兒女的忘恩，就像一隻手將食物送進嘴裡，而這張嘴，卻狠狠地把手咬了下來！」**

有人說：「在當了媽以後，才知不如媽。」也才體會到子女再怎麼孝順，都無法回報父母生育、養育、教育之恩情於萬一啊！

的確，盼望我們自己，都能使日漸年邁的父母，有「此生不虛」的安慰與寬心。

「媽咪，謝謝妳生我、養我、愛我、照顧我！」

那天，我為老爸洗澡、洗頭

♥愛，就是在家人的需要上，看見自己的責任。

♥「用聲音、用眼睛、用行動」來關愛父母。

從小，父親就很疼我，經常買玩具給我，帶我出去玩，有時候也會跟我一起洗澡，幫我抹香皂、擦背、洗臉、洗頭，一起泡在浴缸裡。那時，我不懂得什麼是親子之情，但我的心裡，總是感到十分溫暖、快樂和滿足。

然而，日子過得很快，現在我父親已經將近八十歲了，他不幸罹患了帕金森氏症，行動不便，右手也不自主地不停抖動。爸爸經常一個人眼睛恍惚、失神，甚至眼光呆滯。平時，他吃飯、走路、上廁所、喝水、洗澡……都需要家人的照顧，無法自己行動；也因此，照顧父親生活作息的責

任，就落在我母親的身上。

可是，母親的年紀也大了，她平時要買菜、洗衣，又要天天為父親餵食、扶他行走，還要幫父親洗澡……真的好辛苦！於是，我就嘗試為父親洗澡，來減輕媽媽的負擔。

不過，您知道嗎？我和父親的個子都是高頭大馬，身高超過一百八十公分；所以，兩個又高又壯的男人，擠在一間空間不大的家中浴室裡洗澡，真的感到很彆扭、尷尬，也很折磨。

後來，我想到了一個好方法，就是帶父親到溫泉旅館去泡溫泉，也順便幫父親洗澡。嗯，太棒了，這個想法太好了！於是，我開著車，載父親到北投，找了一家溫泉旅館，在公共浴室裡為父親洗澡。

一開始，我對父親的全身赤裸感到很不習慣，也很不自在，因為在我心目中，父親就像個巨人一樣，是我敬仰的對象。當父親在法院當法官時，有崇高的職位，也很威嚴，不苟言笑；在家裡時，他是一家之主，對我們小孩，家教非常嚴格。**然而，在這時候，我幫父親脫光衣服，兩個人全身赤裸；眼前的爸爸，八十歲了，老了，臉上、額頭上滿是皺紋，頭髮也稀落、斑白；雙手、雙腳的肌肉，也已鬆弛，動作遲緩，臉上顯得十分無助。**

真的，我心裡非常尷尬、手足無措，甚至，我的眼光不敢和父親直視。不過，我還是鼓起勇氣，用香皂抹在爸爸的身上、腿上，幫他擦抹、搓揉，也幫他洗頭、沖水……

溫泉，溫度熱呼呼的，我舀起溫泉熱水，沖淋在爸爸的身上；這是我這輩子，第一次對爸爸這麼做。

回想小時候，爸爸也曾幫我抹香皂、洗頭、沖水……當時，我是個活蹦亂跳的小孩。如今，我已經四十多歲了，爸爸忙碌一生，為社會貢獻了一生，如今年邁了、齒牙動搖了、頭髮掉落了，甚至得了帕金森氏症，而使他的手不停地抖動。我看見他臉上的落寞、無奈和徬徨。

沖淨完身體，我輕扶著父親，緩步地走；兩個大男人，光溜溜地，一

爸爸老了，頭髮稀落，肌肉鬆遲，動作遲緩，臉上顯得十分無助……

起走進浴池裡，一起泡在熱呼呼的溫泉裡。這時，爸爸輕輕地閉上眼睛，放鬆肌肉，享受著許久以來未曾有過的泡湯片刻……

過去，我一直以為，擁有財富、地位，讓家人有更好、更舒服的生活，就是最大的幸福；然而，當我幫年邁、有病在身的父親洗澡時，我才體會到——**「愛，就是在家人的需要上，看見自己的責任！」**

想一想，我們每個人都喜歡抱起剛出生的小嬰兒，逗逗他、親親他，因為小嬰兒很可愛，皮膚很白、很細嫩、很討人喜歡，而且，我們也喜歡小嬰兒身上所散發出來的乳香。可是，我們大部分人都很不喜歡聞到老人身上散發出來的氣味，不是嗎？

我們的雙親，年老了、生病了、走不動了，甚至尿失禁；或是有些老人身體不適，沒有洗澡、洗頭，身上散發出臭味，有時也可能滿屋子裡都是尿騷味，所以少有人願意去親近他們，也不願去幫他們擦大便、換紙尿褲。我們可能都找外傭來做這些卑微、惡臭的事，也常對年邁的父母，失去了耐心與愛心。

在這高齡化的社會，我們有一天都可能變成病痛纏身、孤苦獨居的老人，而我們的子女，也都可能因工作忙碌，或嫌棄我們，而不在我們身邊來照顧我們。於是，我全時間投入了「傳神居家老人照顧」的工作，也希望，我們都能「用愛，來擁抱被我們忽視許久的年邁親人」！

感動小啟示

上篇故事，是我的好朋友「**傳神希望線執行長李志偉**」的故事，他與父親的感人互動，提醒了我——

「**你今天微笑了嗎？**」

「**你今天和父母說說話、談談心，讓他們微笑、開心了嗎？**」

微笑，能增添生命的色彩；微笑，能讓生命充滿了力量；微笑，能讓人的心情從憂鬱和陰暗的角落走出來！

所以，人只要微笑，只要有陽光的笑臉，就十分迷人。

想想，當我們微笑時，是不是也讓父母微笑了？還是惹他們生氣了？生活中，與家人要有更多正面的溝通、親切的微笑；尤其對父母，不要動不動就抱怨、爭執，或冷落疏離。

想想，父母年紀大了，他們還有多少時間可以「笑」？不要讓父母有限的年歲，都在難過、流淚啊！多和父母說說話、多陪陪父母，因為，**「愛和溝通」是——「用聲音、用眼睛、也要用行動」——用溫柔和善的聲音說話、用真情的眼睛關懷、用具體的行動陪伴，讓父母感受到滿心的溫暖，也流露出喜樂的微笑！**

成為一個「幫別人加水的人」

多將讚美、感恩的話說出來。

多讓真誠的笑容，洋溢在臉上。

我曾應嘉義基督教醫院的熱情邀約，前往嘉基，對院裡的醫護同仁們，以「溝通」為主題，在十梯次的共識營中，一起分享彼此的心得，以期增進院內同仁之間的溝通和情誼。

一天晚上，我結束三梯次的上課，十點多，想就寢了。可是，手機響了，哥哥打來電話。「志，爸現在送急診室，恐怕不行了！」「啊……」我焦急地問：「怎麼啦？」哥說：「晚一點我再給你電話。」

過了半小時，哥來電說：「爸已經走了！」半夜，我無法入眠，立刻和嘉基人員聯絡，也取得陳院長的諒解，一路開車到台北。

我的父親，享年七十八歲，離開了我們。

年邁的爸爸，過去有心臟病和氣喘的疾病，曾因心肌梗塞而住院開刀；心臟三條主動脈，阻塞了兩條半，血管內有裝些支架。不過，爸爸是醫生口中「最棒、最聽話的病人」，總是按時服藥。

那天中午，爸媽從台中家坐車回到台北哥哥家。沿途，天氣很好，爸對媽指著窗外說：「今天天氣好好，外面好漂亮哦！」下午，也和媽一起外出散步、買東西；晚上漱洗完畢、收好假牙，一如往昔地上床睡覺。就這樣，他，睡著了，也安息了。

爸爸是最疼愛媽媽的，他，躺在床上，安靜地睡去。也因疼愛媽媽，所以捨不得吵醒身邊已先入睡的媽媽……

不久，媽媽醒了過來，驚然發現爸爸已經安然回到主懷。

這，是上帝最大的恩寵，讓爸爸以最平和、最安詳、最沒有痛苦、最有福氣的方式，離開這勞苦一生的世界。只是，這突來、無預警的離去，讓媽媽、哥哥和我，以及孫子親友們，感到十分錯愕、悲慟和萬分的不捨……

回想爸爸對我的教導，他總是用「正面、鼓勵」的方式對我說話。以前，**我兩次沒考上大學，他從不嚴辭責備我，只鼓勵我「別灰心，再努力」！在我考了八次才通過托福考試的過程中，他也總是要我「再加油，別放棄」！**

藝專二年級時，我說農曆過年時，我要一個人去綠島監獄闖蕩、採訪，他也同意，並鼓勵我勇敢走出去。在我留學美國期間，由於越洋電話費太貴，我每週都寫一封「一週心得」的長信回家，爸爸也每週提筆回信。

如今，我以寫作、演講為業，爸爸總是說，他好喜歡看我寫的書！他戴著老花眼鏡，把我的書一讀再讀，直說我寫得書很好看。

每次開車載爸媽到外面吃飯，爸總是說：「這些菜都好好吃，不知道他們是怎麼煮的？」而當他看到德德、柔柔的水彩、油畫時，也都是滿口讚美地說：「怎麼這麼棒，畫這麼好，好厲害哦！」

爸爸總是把孫子、孫女的畫作，掛起來天天觀賞；也把他們的作文、卡片和成績單，一再地拿出來閱讀，並笑容滿面地對媽媽說：「我們這兩個孫，真是好乖、好聰明……」

記得有一次，我帶兒子、女兒和爸媽一起去外面用餐，小女柔柔拿著小手電筒和爺爺玩起「醫生看病」的遊戲。柔柔用手電筒對爸爸說：「爺爺，你嘴巴張開，我幫你看病。」爸爸就故意把嘴巴張開地說：「啊——」柔柔用小手電筒照著爺爺的嘴，也用醫生的口吻說：「爺爺，你有什麼病？」

爸爸面對這「冒牌醫生」，一時之間不知道該說什麼，只說：「我……我沒有什麼病！」這下子，柔柔急了，因為爺爺說他沒有病，戲，就演不下去了。所以，柔柔著急地說：「不行，爺爺，你一定要有病！」

此時，我頭髮斑白的老爸，笑得眼淚都掉了出來！

是的，爺爺沒有病，爺爺只是累了，心臟撐了七十八年，勞累了，需要休息，長長的休息，所以，爺爺不吵大家，爺爺先去睡了！

「爺爺，你把嘴巴張開，我來幫你看病！」

清晨四點多，我開車回到了台北，我和媽、哥去三總看父親的遺體。白天，再帶內人、德德、柔柔到殯儀館，看爺爺安詳睡去的遺容。

六天了，是極痛苦、難挨的日子；母親的淚，始終不停地流。

可愛的柔柔偷偷地對內人說：「媽，我都有聽到爺爺在跟我說話耶……我在游泳很累、游不動時，我聽到爺爺對我說：『要再加油哦！』……我在客廳寫作業時，也看到爺爺對著我笑耶……」柔柔一點都不畏懼、滿臉歡喜地說。

當天晚上，兒子、女兒在浴缸裡泡澡，兩人也一起自編歌曲、歌詞，唱一些思念的歌給爺爺聽；不料，柔柔突然說：「**噓，我聽到爺爺在跟我講話！**」講什麼呢？**柔柔說：「爺爺對我說，這是我聽過最——好——聽、最——好——聽——的——歌——」**

那夜夢裡，我把柔柔聽到、看到的爺爺的話，告訴傷心多時的媽媽。

在夢中，我突然看見旁邊有一水泥柱，柱上的水龍頭，水流如泉湧般大量地冒了出來！水一直冒、一直流，此時，父親的笑臉，浮在泉湧的水面上。哇，我好開心哦，我不停地鼓掌，旁邊的人，也不停地鼓掌！

我從夢中醒來，看一下手錶，是清晨快五點，也是爸爸離去的第七天清晨。我真心感謝——「爸，謝謝您，我看到您了；您累了，離開我們了，但，您還是開心地對著我們微笑、關愛著我們。」

此時，我突然想起，我在《超人氣溝通》一書中的第四篇文章，主題是：**「我們要當一個『幫別人加水的人』——多稱讚別人，多給別人一些安慰和鼓勵！多幫別人加入甘甜的水，使別人的生命之水，福杯滿溢！」**

這篇稿，是兩週前、爸爸在世時，我臨時加進來的；現在回想起來，大概是爸爸冥冥之中要我加進去、要教導我的。他，在我夢中，浮現在泉湧的水上，他燦爛的笑容，一直深印在我腦海裡！他，就是一生不斷地為我、為家人、為親友「加水的人」。

如今，爸爸被天使接走了，回到天家，安息在天父懷裡；他也一定希望看到每個懷念他和紀念他的人，都能彼此相愛，活在天父豐富的恩典裡！

小感動啟示

其實，我們在生活中，都可以做一個「加水的人」——

一、幫自己加水：每天多學習新知識、新觀念；在有好成績時，也對自己大方一點，犒賞自己，給自己買些禮物。

二、幫別人加水：多稱讚別人，給別人一些鼓勵或給別人一些安慰和幫助！當我們默默地幫助別人加入甘甜的水時，一定會帶給別人意外「加水的驚喜」，也會讓別人的生命之水，福杯滿溢！

心，是「肉」的；心，也可以是「柔」的。

當「我們的心是柔和、柔美」時，我們心中的水，也會自然匯增啊！

所以，「多把感動存放心裡」、「多將讚美、感恩的話說在口中」、「多讓真誠的笑容，洋溢在臉上」，也「常為別人真心、用心地加水」，我們就會贏得更多的人緣啊！

上帝呀，我不配得讚美啊！

先感動自己，才能感動別人！

說話時，要感性、理性兼具，有流水之美、有知性之理。

從小常聽別的同學說，他的爸爸多愛他、媽媽多愛他；可是，我從來都沒有這種感覺，甚至，我常常覺得，我很討厭我爸媽！因為，我爸媽因先天和後天的關係，沒有辦法和一般人一樣開口講話，也不能用耳朵聽，他們是所謂的「聾啞人」，所以我和爸媽溝通的方式，都是用「手語」和「筆談」。

說真的，當我跟爸媽在外面，必須要和別人溝通時，我常常覺得「很丟臉」；為什麼我爸媽不能開口講話？為什麼我們總是要「比手劃腳」，而引來別人異樣的眼光？為什麼上帝對我這麼不公平？

你知道嗎？我每天起床，首先要面對的，不是開口說「爸爸早、媽媽早」，而是必須「比手語」，才能彼此交談；平常，我不管講得再怎麼大聲、或用力吼，我爸媽都不知道我在說什麼，因為他們完全聽不見。

我，真的很自卑，也很怨恨——為什麼我要生長在這樣的家庭？我們家，從來就沒有聲音，好靜、好可怕！

有一天，我爸爸要到郵局辦事情，他和往常一樣，老是拉著我陪他去當翻譯。你知道嗎，我真的很討厭常常陪他去當翻譯，那真的好丟臉哦！可是，我爸爸很怕我不願意去，所以一直陪笑臉，求我一起去。當時，我真的很「心不甘、情不願」；後來我爸爸趕緊發動摩托車，示意我趕快上車，一副怕我反悔不去的樣子。

到了郵局，我把爸爸的來意向櫃枱小姐講了一下，隨後，也用不悅的臉色，把小姐的說詞向爸爸「隨便地比一比手語」。這時，爸爸似乎有點不明白，要我再比一次手語。哎喲，真是有夠煩！我，臭著臉向爸爸比著說：「你照著做就是了嘛！」

這時候，櫃枱小姐突然對我說了一句：「妹妹，妳好棒哦！妳這麼小，就這麼懂事、這麼孝順，願意陪爸爸來、幫爸爸翻譯；如果不是妳來幫忙，我真的不知道要怎麼跟妳爸爸溝通。妹妹，妳真的好棒！」

天啊，聽到這句話，我的心，像被一根針刺到一樣，好痛好痛，我的眼淚也差點掉下來！我紅著臉、低著頭，小聲地回答小姐說：「沒什麼，這是應該的。」

辦完事時，我爸爸又用手語問我：「剛剛那小姐對著妳比大拇指是什麼意思？」一時之間，我一陣羞愧，不知道該怎麼回答？我低著頭，拉著爸爸的手，快步離開郵局。

回到家，我衝進我的房間，抱著枕頭痛哭。我，竟然是用這麼壞的態度來對待愛我、疼我、撫養我的爸爸媽媽；他們不會說話，也從來不會責罵我，更為我默默地付出一切；而我，竟然如此討厭他們，甚至覺得他們使我「蒙羞」！

如今，上帝透過一句「我不配得的讚美」，徹徹底底地把我打醒，讓我知道，我真的應該「感謝我的爸媽」！即使他們不會開口說話，但是，若不是他們含辛茹苦、忍辱無語地把我撫養長大，我哪有今天？他們的偉大、他們的恩情，我怎麼能感到「丟臉」和「自卑」？我應該為我的爸媽感到「無比驕傲」才是啊……

感動小啟示

這是一位名叫「雁子」的小姐，自己講述的真實故事。

然而，這篇極為平淡、平凡的生活小故事，卻緊緊地扣住聽眾的心弦，讓大家感動不已！

從口語傳播的角度來說，詞藻優美的「名家演講集」，內容雖好，但距離聽眾的現實生活太遙遠了！然而，**一個發生在自己身上「最真實的小故事」，用最謙卑的口吻，講述自己過去的無知，直到幡然醒悟，常是最能打動人心的題材。**

「妹妹，妳好棒哦！這麼小就這麼懂事，願意陪爸爸來，幫他翻譯……」

那夜，陌生老闆送她一碗麵

♥上帝住在「感恩者的心裡」。

♥多想想別人的好，忘記別人的不好。

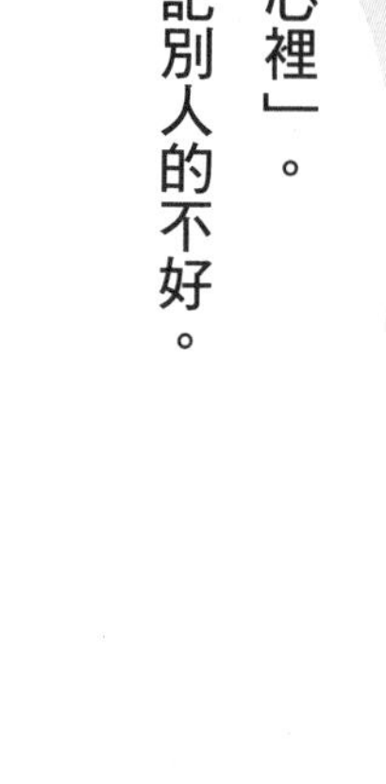

從小，佳芬就跟媽媽過著「單親家庭」的生活，媽媽每天打零工、賺外快，賺錢養家；雖然沒有什麼奢侈的享受，但總是讓她溫飽，也供她念書念到私立大學。

在佳芬的記憶裡，父親是個高挺、俊帥的男人，以前爸媽剛離婚沒多久，父親還會隔週的週末，帶她出去吃麥當勞、逛百貨公司或買新衣服給她……可是，佳芬心裡常嘀咕：她就那麼倒楣，必須和媽媽住在一起，每天聽媽媽嘮叨，動不動就責怪她、教訓她，真的很討厭！

上了大學後，佳芬交了一個男友，雙方很投緣、很談得來；後來，佳

芬帶男友回家給媽媽看，媽媽也很熱忱地招待他。

「媽，妳覺得吉雄人怎麼樣嘛……」男友回去後，佳芬急著問媽媽的意見。可是，媽媽不太想說話。

「媽，妳說嘛，妳怎麼不說話了呢？」

「我看……你們……不要在一起好不好？」媽媽吞吞吐吐地說。

「為什麼呢？吉雄哪裡不好？」佳芬急著問道。

「他……他的個性太像妳爸爸了！」

「像爸爸？像爸爸有什麼不好？」佳芬大聲說道：「就是因為他的外型和個性都和爸爸很像，我才會喜歡他呀！」

媽媽一聽，不悅地說：「我不想批評妳爸爸，但妳爸爸的個性真的有很多缺點；他瞞著我，在外面有女人，不顧家，做人做事都很不牢靠……如果妳跟這類型的男人在一起，一定會很痛苦，不會幸福！」

「媽，妳真的很固執、偏見很深耶！爸爸他有什麼不好？他比妳好多了。你們婚姻失敗，並不是爸爸的問題，根本就是妳的問題！是妳自己脾氣不好，經常大吼大叫，才會把爸爸嚇跑的！」佳芬對媽媽大嚷著。

「妳爸爸在外面花天酒地、養小老婆，妳知不知道？妳如果覺得他好，那妳就去找他好了！」媽媽氣呼呼地說道。

「我本來就想跟爸爸住一起的！」佳芬也對媽媽越吼越大聲：「我從來就不想和妳住一起！是我命不好，才會跟妳住一起！」

「好，這話可是妳說的哦！妳給我出去——現在就給我滾出去！去找妳那不要臉的爸爸，妳不要再給我回來！」媽媽幾乎是氣得發抖地說。

那晚，佳芬真的什麼都沒帶，就隻身往外面跑，只要不再聽到媽媽怒罵她、教訓她就好了。可是，走了一段路，佳芬發現，她身上竟然一毛錢都沒帶，連要打電話的銅板也沒有！她走著走著，心裡還是怨恨著媽——「明明是媽自己脾氣不好，講話常惹人生氣，竟然怪罪爸爸不好，而且連自己的男朋友也一起遭殃……」

佳芬走累了，肚子好餓；她看到前面有個麵攤，香噴噴的，好想吃！

「小姐，妳媽媽煮了二十幾年的麵和飯給妳吃，妳怎麼不感激她呢？」

可是，她沒帶錢！過一陣子後，麵攤老闆看到佳芬還站在那邊，久久沒離去，就問道：「小姐，請問妳是不是要吃麵？」

「可是……可是我忘了帶錢……」佳芬不好意思地回答。

「沒關係啊，我可以請妳吃啊！」麵攤老闆熱心地說：「來，我下一碗餛飩麵給妳吃！」

不久，老闆端來麵和一些小菜、滷蛋。佳芬吃了幾口，竟掉下眼淚來。老闆見狀，問她：「小姐，妳怎麼啦？」老闆問。

「沒有啦，我只是很感激！」佳芬擦著淚水，對老闆說道：「你是陌生人，我們又不認識，只不過在路上看到我，就對我這麼好，願意煮麵給我吃！可是……我自己的媽媽，我跟她吵架，她竟然把我『趕出來』，還叫我不要再回去……」

老闆聽了，委婉地說道：「**小姐啊，妳怎麼會這麼想呢！想想看——我只不過煮一碗麵給妳吃，妳就這麼感激我，那妳的媽媽，她煮了二十多年的麵和飯給妳吃，妳怎麼不會感激她呢？怎麼還要跟她吵架呢？**」

佳芬一聽，整個人愣住了！是啊，陌生人的一碗麵，我都那麼感激，而我媽一個人辛苦地養我，也煮了「二十多年的麵和飯」給我吃，我怎麼沒有感激她呢？……而且，只為了男朋友的事，就用「刻薄、難聽」的話，來刺傷媽媽的心……

匆匆吃完麵後，佳芬鼓起勇氣，往家的方向走，她好想真心地對媽媽說——「媽，對不起，我錯了！」

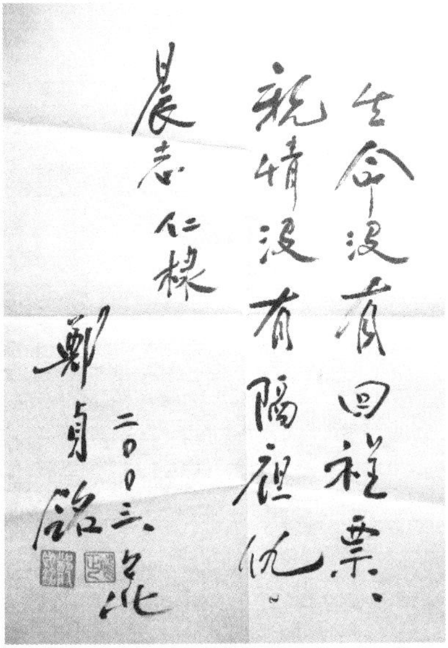
生命沒有回程票
親情沒有隔夜仇
晨志仁棣
鄭貞銘

鄭貞銘教授寫給作者的墨寶：「生命沒有回程票，親情沒有隔夜仇。」

當佳芬走到家巷口時，看到疲憊、著急的母親，已經在四處張望地等她；看到佳芬時，媽媽就先開口說：「阿芬啊，趕快回去吧！我飯菜都已經煮好了，妳再不趕快回去吃，菜都涼了！」

感動小啟示

俗語說：「親近，則易生侮慢之心。」

有時候，我們會對別人給予的小惠「感激不盡」，卻對親人、父母的一輩子恩情「視而不見」。

因為，親人對我們來說，太親近了；也因太近了，所以我們看不見他們的好、看不見他們的犧牲和付出。我們把親人辛苦的照顧、愛護，視為「理所當然」；有時為了小爭執，還會憎恨他們，而不知心存感激。

西方有句話說：**「上帝有兩個住處，一個是在天堂，另一個是在感恩者的心裡！」**是的，常「心存感謝」的人是快樂的；一顆「知恩的心」，也就是「快樂的心」，上帝將住在其中！

且讓我們學習——**「多想想別人的好，忘記別人的不好」、「對所得恩典的謝意，若能與爭取恩典時一樣地熱心」，則我們心中將更充滿愛，也將如住在天堂一樣地快樂。**

「睜一隻眼，閉一隻眼」的老師

身在彩虹中的人，往往看不見身邊的彩虹。

只有在風雨之中成長的，才能挺立於風雨之中。

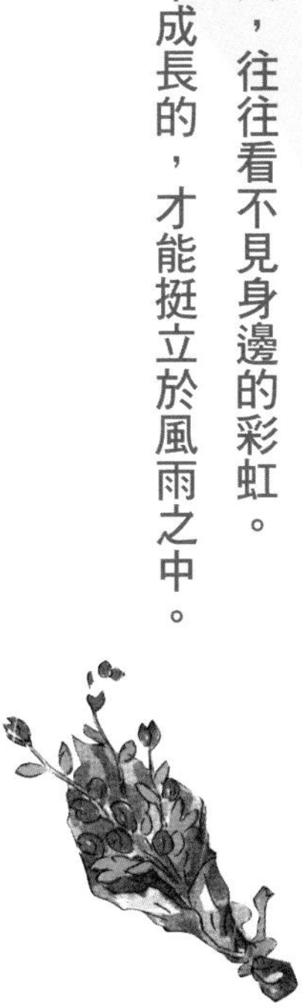

國中，是個活潑、好動，甚至是叛逆的青春期。念國中的孩子，常有自己的主見，喜歡在頭髮上作怪，喜歡和老師、父母頂嘴；當然，青少年是個輕狂的年代。

在桃園縣的瑞原國中，三年四班，三十名學生也是正值這青春奔放的年紀，個個充滿活力；他們參加校內才藝比賽、壁報比賽、籃球比賽，都是名列前茅，可是，他們的學業成績卻不太好，念起書來，就是少了點勁，甚至也有幾名學生會偷偷抽菸，所以常被歸類為「後段班」。

這個班的導師，名叫沈寶二，五十六歲，擔任教職已近三十年，桃李滿天下，許多學生已經當了律師、老師、總經理。可是，沈老師的眼睛視力不好，他小時候雙眼病變，左眼視力零，右眼視力逐年退化至零點一。嚴重的視障，讓沈老師在升學過程中飽受嘲笑、痛苦；如今，他身為老師、為人師表，他把愛全部奉獻在學生身上。

可是，青春期的學生哪懂得老師的愛和付出？上課時，學生吵吵鬧鬧、心不在焉；沈老師回頭叫學生安靜，可是他眼睛弱視，什麼也看不到，頑皮學生依然嬉笑如常。校長也多次督促沈老師，要嚴加管教學生，免得影響到其他班級上課；然而，力不從心的沈老師心中十分難過，他如何才能讓學生不再嬉鬧，而專注於功課呢？

經過一番思量，沈老師決定請輔導室陳主任陪著他，向學生們述說他這一生的波折。陳主任問學生，了不了解沈老師？有些學生說：「沈老師人很好」、「沈老師教學很認真」、「沈老師很關心我們、很有愛心……」

此時，沈老師站在台上緩緩地說：「我是在上海出生的，我父親是個船員，媽媽在懷孕時，因吃藥不慎，讓我出生後就雙眼病變。我家裡很窮，沒辦法醫治眼睛；念書時坐在第一排，還是看不見黑板上的字，只能在下課時向同學借筆記猛K。別人讀一小時的書，我必須花三、四小時來讀。」

沈老師的右眼，泛著淚光，繼續說道：「各位同學，你們都知道老師的眼睛不好，你們吵鬧、追跑，我也看不清楚，可是，你們不愛念書、成績不好，將來怎麼跟別人競爭呢？我的視力很差，但是，為了生存，我自己一個人一路半工半讀到大學、念研究所；我不要讓人家覺得我可憐，我不要別人同情我，我告訴自己，我一定要自己有作為……」

說著、說著，沈老師輕緩地拿下他的眼鏡，放在桌上，然後，用它的左手，摘下他的「左眼珠」。此時，全班三十位學生，莫不看得目瞪口呆、鴉雀無聲……天哪，老師居然「用手把他的眼球摘了下來」！

此時，整個教室突然變得靜悄悄的，靜肅一片；同學先是驚訝、瞪大眼睛、愣傻住了！接著，一些感情豐富的女學生則開始啜泣、掉下眼淚——原來，老師是如此辛苦地照顧我們、愛我們；他左眼裝的是「義眼」，完全看不見，可是他從來不說，我們竟然還在背後捉弄他、取笑他……

看著老師手上拿著的眼珠子、看著他眼眶中空無一物，幾位女同學難掩激動的情緒，哭得不成人形，個個成為淚人兒，不時地拿出面紙拭淚。

這，真是三年四班最安靜的一課。沈老師拿著「眼珠」，右眼角泛著淚水說：「我不期待每個同學的成績都是名列前茅，但是基測快到了，你們都要收心，一定要用功，要為自己的前途努力拚一下……」

沈老師的話剛說完，就有愛嬉鬧、愛作怪的男學生說：「老師，對不起！」「老師，我們錯了！」沈老師看了他，又緩緩地把眼珠放回眼眶裡，並剴切地說：「大家要記得，絕不能放棄自己，只有努力，才有機會！」

此時，輔導室陳主任站在一旁，笑笑地說：「我想同學們現在一定都知道，為什麼沈老師平常的管理都是『睜一隻眼、閉一隻眼』了吧！沈老師真的很辛苦，也很關心每個同學……」

「老師，我們一定會努力的，我們不會讓您失望的！」下課前，同學們擦著淚水，異口同聲地說道。

沈老師用左手摘下他的「左眼珠」，全班三十位同學無不看得目瞪口呆、鴉雀無聲……

小感動啟示

比起那些視障、肢障，或智能不足的人，我們都一定會覺得，自己很幸福！因為，視障、肢障等的殘障朋友，是社會弱勢中的弱勢，他們無法和我們一般人一樣跑跳、眼力正常。

所以，有句話說：**「身在彩虹中的人，往往看不見身邊的彩虹。」**

我們都必須學習「知福、惜福」，多珍惜我們現有的一切，努力用心播種、耕耘；因為，**「只要辛勤地撒出種籽，就會開花結果！」**

經國先生曾說：「只有風雨之中成長的，才能挺立於風雨之中。」

人，不能輕易被擊倒；你我，都必須接受更嚴峻的挑戰。就像本文中的沈老師一樣，雖然一生都是視障、半盲人，但他勇敢面對困頓、挑戰命運，也愛護學生、激勵學生「力爭上游、永不放棄」，真是令人感佩啊！

我狠心割下太太的皮嗎？

♥「心存大愛，做大事！」

♥快樂就是——「主動付出、真心關懷、真情幫助他人！」

在一九二八年，也就是民國十七年時，有個十三歲的周金耀小弟弟，走路時不慎被石頭絆倒，右膝蓋關節受傷。這傷勢本來不嚴重，但是他隔天就走四台里的路到學校上學，四、五天之後，傷口遭細菌入侵，而逐漸浮腫、化膿。

周金耀是個養子，不過養父對他很好，曾以「髮油和草藥」為他敷傷，可是傷口病情越來越惡化；後來，養父又求道問佛，並請道士來施行法術，但病情卻變本加厲，甚至發炎中毒。

「怎麼辦呢？兒子的腳潰爛，不能走路了，怎麼辦啊？」養父揹著兒子，前往彰化看中醫，仍然沒有效果。養父揹不動了，自己也走不動，看著蒼天，真的是欲哭無淚，不知道該如何是好？這時，有個老人走了過來，看見周金耀的病況後，就告訴養父：「你最好趕快去找那個外國仔——蘭大衛醫生。」

蘭大衛是從英國來台宣教、行醫的醫生，他在彰化開設「蘭醫館」；可是，當時蘭大衛醫生全家正到大陸山東避暑，所以由其他醫生代為施行外科手術，控制病情。後來，蘭醫師全家返台後，即細心地治療周小弟的潰爛傷口；而蘭夫人連瑪玉女士，更是時常坐在病床邊，教周小弟唱詩歌、讀聖經、編織毛線，來減輕他長期躺臥病床的痛苦。

然而，不幸的是，周小弟的傷口又被感染，傷口已經長達一台餘尺，面積很大，很難再生出新皮膚；而且也可能併發成「骨膜骨髓炎」，到時，可能就需要「截肢」，才能保住他的小命。回家後，蘭大衛醫生告訴太太：「金耀的腳，潰爛程度很嚴重，再過不久，恐怕要截肢，甚至有生

*讓 **戴晨志** 老師喜怒哀樂的作品，陪伴您一起歡笑、成長。*

寄回本卡,您將可獲得戴老師的最新出版訊息。

◎編號：CL0204　書名：一生難忘的感動

姓名：

生日：　　年　　月　　日　　性別：□男　□女

學歷：□1.小學　□2.國中　□3.高中　□4.大專　□5.研究所（含以上）

職業：□1.學生　□2.公務（含軍警）　□3.家管　□4.服務　□5.金融

□6.製造　□7.資訊　□8.大眾傳播　□9.自由業　□10.退休

□11.其他 ____________

地址：□□□ ______________________________

____

E-Mail：______________________________

電話：(0)__________(H)__________(手機)__________

您是在何處購得本書：

□1.書店　□2.郵購　□3.網路　□4.書展　□5.贈閱　□6.其他

您是從何處得知本書的訊息：

□1.書店　□2.報紙廣告　□3.報紙專欄　□4.網路資訊　□5.雜誌廣告

□6.電視節目　□7.資訊　□8.DM廣告傳單　□9.親友介紹

□10.書評　□11.其他

請寫下閱讀本書的心得、建議或想對戴老師說的話：

命危險……」

「天哪，那該怎麼辦呢？怎樣才能救救金耀呢？」蘭太太一想到臥在病床那麼久的周小弟，不禁心中哀痛、悲從中來。

這時，蘭大衛醫生說：「醫典上記載一種『植皮手術』，就是要切割其他部位的皮膚，移植到患者的傷口，使他再生皮膚……但，這只是書上的理論而已。」在民國十七年時，醫學不發達，從來沒有醫生做過皮膚移植手術。

「那……是不是要割金耀的皮膚來移植呢？」蘭太太問到。

「不行，金耀的身體很虛弱，沒辦法再割他身上的皮了。」蘭大衛醫生皺著眉頭回答。

過了一會兒，蘭太太突然很認真地說：「那割我的皮好不好？假如割我的皮，移植到金耀的傷口上，能救活他一命，我願意！」

「啊？什麼……割妳的皮？」蘭醫生不敢置信地說。

「對，割我的皮給金耀，來治好他的病，有什麼不可以呢？」當時四十四歲的蘭太太真心地說：**「耶穌基督為了愛世人，都甘心被釘在十字架上，流血捨命；現在，為了救金耀，我割一些皮給他，又有什麼關係呢？」**

那夜，蘭大衛醫師輾轉難眠——天哪，要我親自動手，「割下心愛太太的皮膚」，而移植到傷口潰爛的台灣小孩身上，這，會不會太瘋狂了？我能這樣做嗎？我能狠心割下美麗太太的皮膚嗎？

此刻，真是天人交戰啊！您說，該不該割自己太太的皮膚呢？不割，金耀的腳日漸潰爛，生命垂危！割，割下心愛太太的皮，蘭醫生狠得下這個心嗎？

在蘭大衛夫妻跪下來禱告之後，他們做了最後的決定——由蘭醫生親自操刀，切割下妻子的腿皮，來救治「一名生命垂危的台灣貧困兒童」。

手術當天，蘭醫生將太太全身麻醉，忍痛地切割下她「右大腿皮膚四片」（每片約一吋寬、三寸長），再移植到也被全身麻醉的周金耀「右腿大片爛傷口上」，再以金屬線網貼布覆蓋。

您猜，後來手術成功了嗎？很遺憾的，這手術，失敗了！

蘭太太被切割的皮膚，因「異體移植排斥」而脫落。後來蘭醫生與其他醫生再會診的結果，認為移植的皮膚片「面積太大」，所以改將切割周小弟左腿少部分的皮膚，以細片播撒於傷口，才讓新生皮膚慢慢生長出來……一年後，大片潰爛傷口才逐漸痊癒。

周金耀小弟弟長大後，成為教會牧師，也擔任彰化基督教醫院董事等職。他曾回憶說：「當時，我被麻醉躺在手術枱上，可是，因為麻醉藥力不足，我醒了過來。**當我睜開眼睛時，我側眼看到蘭大衛醫生，正在切割蘭媽媽的腿部皮肉……那時，我就像觸電一般！我猛然想起，蘭媽媽當天對我說，叫我放心，有人會切割皮膚給我……沒想到，竟然是切割她自己腿上的皮膚給我……**」

小感動啟示

蘭大衛夫婦於一九八〇年離開台灣，返回他們英國家鄉安享晚年；蘭瑪玉女士更榮獲英國女王贈勳，表揚她在海外「切膚之愛」的偉大事蹟。

而蘭媽媽雖然切割自己皮膚救人，卻沒有影響她的健康；相反地，上帝反而加倍祝福她，使她活到一〇一歲的高壽，於一九九四年，才蒙主恩召回天家。

詩人紀伯倫說：「愛，是別人眼中的一滴淚；愛，是別人嘴角的一抹笑。」

一個人真心真愛的付出，別人一定感動在心，而留下感動無比的眼淚，露出真心感謝的微笑！所以，「笑與淚，也都是真幸福啊！」

有人說：「愛她，怎麼忍心傷害她？」

對，愛她，就不要傷害她。可是，為了「大

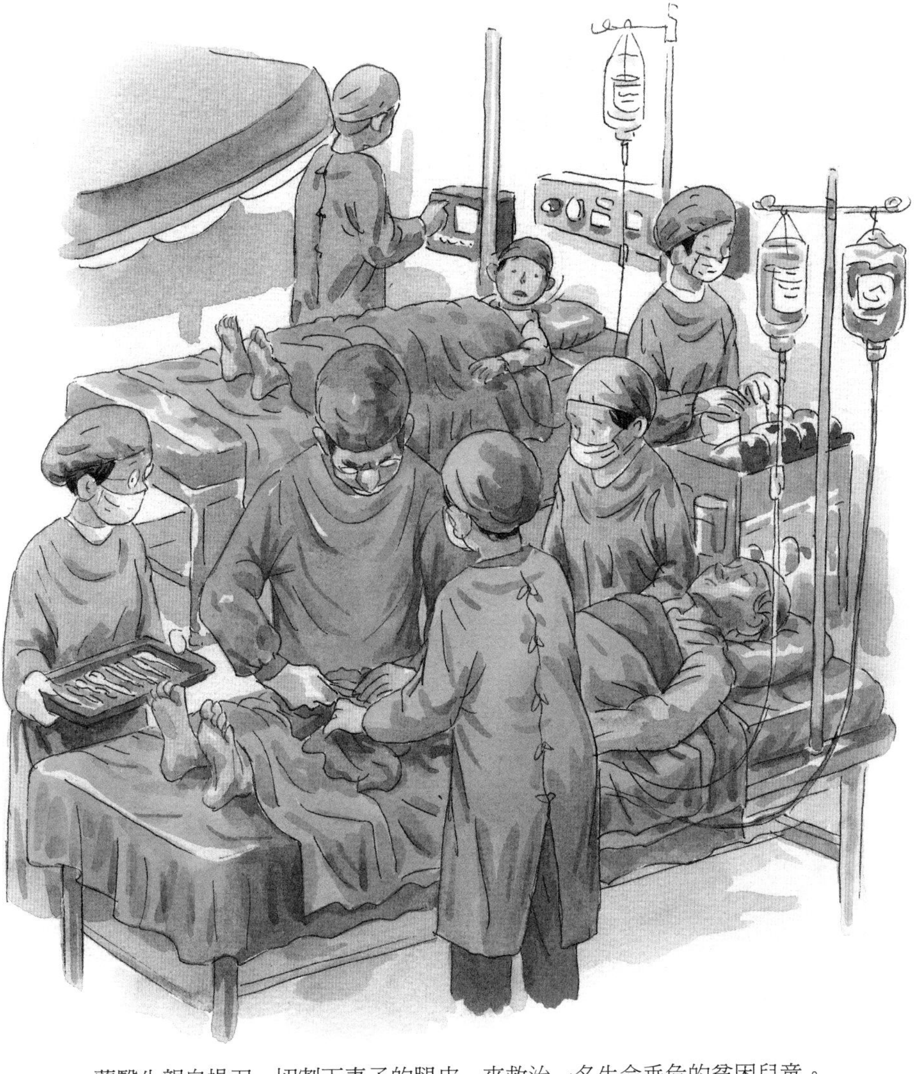

蘭醫生親自操刀，切割下妻子的腿皮，來救治一名生命垂危的貧困兒童。

愛」，為了基督愛世人的博愛精神，蘭大衛醫生在親愛太太的要求下，切割下太太的腿部皮肉……這真是「心存大愛，做大事」啊！

也因此，一個人心情是否快樂，並不在於「大魚大肉、錦衣玉食」；心情得以快樂，在於「主動付出、真愛關懷、真情幫助他人……」就像蘭大衛夫婦為台灣生命垂危的孩童所付出的大愛一樣，令人感動不已！

Part 3

親切包容，展現智慧的愛

表哥神父想非禮我……

♥公開承認自己的錯，需要極大的勇氣。
♥去了病，便是好人；去了雲，便是晴天！

數十年前，國外一位女作家寫了一篇文章，提到她在五、六歲的時候，聽到祖母所說的一則故事──

故事發生時，祖母只有十七歲，正是情竇初開、亭亭玉立的少女，住在美國南方的農村裡。一天傍晚，她和同伴出去玩，回家時，在高大的玉米田中迷了路。

此時，她非常緊張，也慌亂不已，深怕自己回不了家，而天色也已逐漸黯淡。正當她驚慌失措時，突然看見「表哥」迎面而來，哇，真是謝天謝地，表哥一出現，她就像遇見救星，不再懼怕了。

那時，表哥是村子裡的「神父」，雖然年紀只有三十多歲，但是頗得教友們的敬重與愛戴，村子的人都尊稱他為「聖人」，每當教友有事需要幫忙，表哥總是義不容辭、慷慨解囊、熱心相助。

當她在玉米田中看見表哥走來時，好開心地抱住表哥，沒想到，表哥竟然也一手把她摟住，熱情地「親吻她」，甚至還在她全身上下毛手毛腳地亂摸。那時候，祖母只是十七歲的少女，被表哥突來的無禮動作，嚇得趕快用力把他推開，倉皇地跑回村子裡，並告訴同伴：「那個神父表面上是正人君子，叫什麼『聖人』，騙人！他根本就是『人面獸心』的小人、罪人，居然還想對我非禮，真是下流、無恥！」

從此以後，「表哥神父」在村民七嘴八舌、議論紛紛的壓力下，就離開了村子，不知去向，再也沒回來家鄉過。

當作者二十歲，即將要結婚時，又聽到祖母把她以前碰到「表哥神父企圖對她非禮」的故事，再說一遍。

那時，祖母還說，其實表哥是「心不甘、情不願」才去念神學院、當神父的；因為，表哥年輕時，在一場火警中，為了救人，而燒傷了半邊臉頰，有點醜陋，沒有女孩願意嫁給他，所以才去當神父。可見表哥當神父也不是有什麼崇高宗教理想與抱負！

不過，表哥也是凡人，而凡人都有七情六慾，他在玉米田中，只是一時激情，而想對她非禮，實際上也不算是罪大惡極或罪不可赦啦！

作者在文章中說，她第三次聽到這個故事，是九十多歲的老祖母「病危臥床」時，而當時作者也已經五十歲了。

老祖母躺在床上，氣如游絲地慢慢對孫女說道：「我在十七歲時，非常崇拜我表哥……他英勇救人、他慷慨解囊、他樂於助人……我一直把他當成偶像崇拜……我好喜歡他！

那一天傍晚，我在玉米田中……遇見表哥時，我好高興，我抱住了他……那時，是我自己……情不自禁地去挑逗表哥，百般地誘惑他……想對他示好、求歡，可是當時表哥神父拒絕了我……讓我很沒有面子！我在被表哥拒絕後……惱羞成怒，才很生氣地跑回村子裡，並昧著良心告訴同伴，說表哥想對我非禮……

現在，不知道他人在哪裡？……他自從離開咱們村子以後，就再也沒有回來過……我這一輩子，心裡都很難過，也一直對他有說不出的虧欠……是我誣陷了他、污衊了他……等我死後，請妳到教堂中，幫我點燃一根蠟燭，代表我向天主和表哥……贖罪！」

小感動 啟示

看到這個故事，我眼眶紅了！的確，有時我們會「沒有勇氣」承認自己的錯誤，為了面子、為了形象、為了合理化自我行為、為了掩飾自己的不對，就如同「懦夫」一般，狠狠地將責任「推給別人」，甚至公開指責、污衊別人；然而，心中卻始終被「良知」所箝制，有如重擔壓身，而使自己一輩子感到「歉疚和不安」。

是的，公開地「承認自己的錯」，需要極大的勇氣！

人，都是凡夫俗子，誰能無錯？《聖經》上記載，有一個婦人犯了姦淫罪，被抓到大庭廣眾之中，每個人都拿石頭準備把這婦人打死；可是，後來耶穌出現了，耶穌對著那些想用石頭把淫婦打死的人說：「你們當中誰沒有罪，誰就可以用石頭把這犯姦淫的婦人打死！」

耶穌說完後，現場的每個人都放下手中的石頭，低頭默默地離去……

人都會有錯，但能認錯、改過者，才是真正的勇者。

古人說：「去了病，便是好人；去了雲，便是晴天！」

承認自己的過錯，誰就能得到寬恕！但如果對過錯一再遮掩、狡辯，則又是犯了另一次的過錯。

「表哥神父離開村子後，再也沒回來過……是我虧欠了他、誣陷了他……」

老師，那個阿兵哥愛妳

♥一句話讓人笑，一句話讓人跳！

♥清除記憶中的毒素，別讓「恨意」跟隨一生！

剛從師大中文系畢業時，我選擇到淡水海邊的小學任教；為了節省來回的交通時間，我在學校附近租屋，希望多與班上的孩子們親近。

當時我才二十三歲，比起六年級的孩子，只多了十歲，所以就像個大姊姊一樣。在週末，我常留在學校，幫孩子們補習功課，並一起到海邊散步、玩水。

一天，我照例帶著十多個小朋友到海邊玩，而海防部隊的阿兵哥看到我們來了，就跟我們嘻哈、玩鬧，並對我說：「老師啊，妳又帶妳的小朋友出來玩啦？妳真是個好老師！」一個阿兵哥講完，營區裡又跑出來兩個

阿兵哥，也圍過來想跟我搭訕。以前就聽別人說，部隊裡沒有女生，所以一見到女生，真是「母豬賽貂蟬」！

當時，我很靦腆、很害羞，所以就趕緊離開。可是，一經過崗哨，班上愛說話的小蓮，突然當眾大聲說：「老師，那個站崗的阿兵哥愛妳！」

天哪，我根本不敢抬頭看，因每次經過那裡，剛好都碰到那帥帥的阿兵哥站崗，而且，他遠遠就對著我笑！才走沒幾步，又有一個阿兵哥跑過來說：「老師，我帶你們去抓蝦好不好？」另一個阿兵哥也隨即跑過來說：「老師，我帶你們去抓海膽！」

這時，小蓮大聲嚷著說：「老師，這兩個阿兵哥也愛妳！」後來，又有一堆阿兵哥圍攏過來，而小蓮竟扯著大嗓子說：「老師，所有的阿兵哥都愛妳！」

小蓮一說完，全部小朋友都笑彎了腰！真的，當時，我覺得很糗、很丟臉，可是，我不知道如何制止小蓮口無遮攔的「大嘴巴」，也深怕她又說出什麼不雅的話；在情急之下，我轉過身，朝著小蓮「啪」一巴掌打了過去，生氣地說——「閉上妳的嘴，妳實在有夠三八！」

挨了這個巴掌，小蓮的淚珠滾了下來，全部的小朋友和阿兵哥也都愣住了，不再嬉笑。而當我再看小蓮一眼時，只見她咬著牙、含著淚，用充滿恨意的眼光看我！

從那天開始，小蓮「不再三八」了，也很少嘻皮笑臉、吱吱喳喳地亂講話；我想，她改變了，徹底地改變了，真好！

畢業後，那班小朋友開過了好幾次同學會，但是，小蓮從來不曾參加；只聽其他同學說，她國中時很努力，考上很不錯的高中，後來又考上淡江大學。這對一個鄉下海邊的女孩來說，真的很不容易！

時光過得真快，那班同學有一「班對」結婚了，算一算，新郎和新娘都快三十歲了！那天，我去參加結婚喜宴，也都叫得出每個學生的名字。

可是，有個陌生女孩走過來，問我：「老師，妳知道我是誰嗎？」

我看了她，怎麼想也想不起來「她是誰」？我……看著那很美、又很有氣質的女孩，摸不著頭緒地說：「很抱歉，我不認得妳耶！我不知道……妳是誰……」

♥「小蓮咬著牙、含著淚，用充滿恨意的眼光看我！」

「老師，我就是小蓮！」她說。

「哇，小蓮，妳怎麼變得這麼漂亮？老師都認不出來了！」我真是太驚訝了。

「對呀，我就是要讓自己變得這麼漂亮，才來看妳！」小蓮的口氣似乎不太友善，也當著同學的面，似咬著牙地對我說：「老師，妳還記得，妳打過我的那一巴掌嗎？」

唉，聽小蓮這麼說，我真不知道該如何回答？我看著她，她依然是含恨的眼神。這時，其他同學說：「小蓮，妳不要這樣子嘛！她是老師耶，老師很愛我們的……」

回到家，第二天，我收到小蓮寄來的限時信，她說：「老師，妳知道嗎？妳那一巴掌，讓我恨妳恨了快二十年！但是，也是那一巴掌，讓我不斷地自我激勵！我告訴自己——當我再一次站到妳面前時，一定不再是『被妳罵三八、被妳打的醜小鴨』！我一定要變成『很漂亮、很有氣質的天鵝』，才去看妳……」

小蓮又寫道：**「老師，妳知道嗎，當我念書念不下去時，就摸摸『被妳打過、好像還發燙的臉頰』，我告訴自己——我一定要念完大學，一定要做出漂亮的成績來……老師，這二十年來，我實在不想恨妳了，可是，我沒辦法不恨妳！然而，卻也因為『這嚥不下的恨』，才讓我持續地努力、成長……」**

看著小蓮的信，我的手微微地顫抖著，眼淚也不停地流。

我立刻打個電話給小蓮：「其實，那一巴掌，也在老師的心中放了二十年；當時老師年輕，不懂得控制情緒……現在，老師要真誠地向妳說聲『對不起』！事實上，妳那含恨的眼神，這二十年來，只要我一靜下來，我都清晰地記得……」

電話中，小蓮和我都不禁地哭了。

那夜，我再寫封信向小蓮道歉。我很高興，我勇敢地向小蓮說：「對不起！」雖然是「遲來的對不起」，但在積壓近二十年後，能「真心說出對不起」的感覺，真好！

小感動啟示

人的心在受挫折、不知如何處理時，常會出現「挫折攻擊」和「惱羞成怒」的情況；就像上述年輕時的「**倪美英老師**」，在天真的小蓮一直說「老師，所有的阿兵哥都愛妳」時，十分害羞、尷尬、不知所措；也在情急之下，打了小蓮一巴掌。

其實，我們必須學習——不讓「情緒垃圾」進入心中。

因為，真正的力量不是「生氣、動怒、出手」，而是「溫和、包容、寬恕」。當我們多一些「寬宏雅量」和「幽默自嘲」，就可以化解不愉快的情境。

俗話說：「一句話讓人笑，一句話讓人跳！」的確，我們應

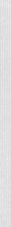

該多使用「建設性表達」，並避免說出「破壞性表達」的話語或舉動。**只要「親切加一點、包容加一點，溫柔加一點」，我們的美麗，就可以加「三、四點」！**

本故事的另一重點是「小蓮的亮麗蛻變」，她不因被老師打一耳光而自暴自棄，反而「內化」成努力向上的動力。當然，我們不是因「恨意」而改變自己，而是要正面思考，激勵自己——我要變得更好、更有成就，不讓別人有機會再來羞辱我！

所以，**我們必須清除「記憶中的毒素」，不能讓「恨意」跟隨一生啊！**

或許「別人有錯在先」，我們卻不能「製造更大錯誤在後」呀！

嚴格，也是一種慈悲！

♥溺愛孩子，就如同在孩子的性格上「下了毒藥」。

♥愛是好的，姑息卻是絕對的惡！

教學中，有時會教到一些長得很俊帥、很可愛或很漂亮的小朋友，而我也會有些偏心地喜歡他們。李凱，就是這樣的小孩，他很帥，大大的眼睛，雙眼皮，天真又可愛；可是他卻也很頑皮，喜歡「騎快車」——上學時，故意快騎腳踏車，並從後面抓班上同學玉梅的頭髮！

每次玉梅被李凱欺負時，總是氣得跺腳，並大罵「幹×娘」的髒話。玉梅很髒，常不洗臉、不洗頭，也長頭蝨，脖子上的污垢像是「一條黑蛇」，每次經過她身旁，都會聞到「很難聞的異味」；而她的功課經常沒寫完，臉上也從不帶笑容。

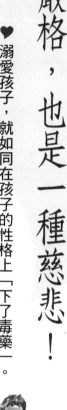

一般來說，很少有小女生會罵「粗魯低俗的髒話」，偏偏玉梅一被李凱譏笑、欺負，就會尖叫、大罵髒話，所以我也不知道該如何對她好，甚至常在同學面前指責她。相反的，每當李凱「騎快車」或「欺負玉梅」時，我只是輕聲細語、笑笑地對他說：「李凱，你騎車要慢慢騎，不要欺負女生哦！」真的，我總是不忍心大聲地斥責可愛、俊美的李凱，也常對他網開一面。

一天，同學們都在操場上體育課，我懷孕、大著肚子，坐在教室裡批改作業；玉梅則因身體不舒服，也坐在教室裡。當我不經意抬頭時，與玉梅四目相接，她突然說：「老師，等妳生了小寶寶，我媽說她要幫妳帶小孩！」

「妳媽媽在做什麼？」我問。

「我媽媽在幫很多人家裡打掃房間，也在大樓洗樓梯，她說她可以幫妳帶小孩！」一臉髒兮兮、頭髮油膩膩的玉梅回答我。

「那妳爸爸呢？」

「我爸爸整天都在喝酒，因為我媽生了六個小孩都是女生，我爸爸每天都罵我媽『只會生些賠錢貨』！所以他每天都喝酒、罵人，也打我媽、打我們小孩子！」

玉梅又說，她是老大，一回到家，放下書包，就必須幫忙照顧妹妹們，也要洗米、煮飯、處理家事；她，總是忙得很累，也沒時間洗臉、洗頭、寫功課……

我一聽，一陣難過湧上心頭，也突然覺得──「每個老師眼中的『壞孩子』，他們背後，可能都有別人不知道的苦楚與辛酸！」

後來，我放下批改作業的筆，帶著玉梅到洗手台，幫她洗頭、洗臉，也教她刷牙。不久，她的牙齒變白了、臉變乾淨了，用吹風機吹乾頭髮後，頭髮也不再油膩惡臭了。梳完頭髮，我又拿了鏡子給她看，她突然──笑了！真的，在我印象中，這是她第一次笑！以前我只記得玉梅常「板著臉、罵髒話」，可是，現在她笑了，而且笑得是那麼燦爛、漂亮，尤其是她那「深深的酒渦」，笑起來真的很美！

♥ 媽媽工作很辛苦，所以我要幫忙照顧妹妹和洗米、煮飯、處理家事……

從那天開始，玉梅開始「喜歡自己」，每天也都洗完臉才來上學。

兩三星期後，課外活動，我叫小朋友練習跳繩，玉梅興高采烈、自告奮勇地說：「我會、我會、我會！」於是她當著同學的面，拿起跳繩，大方地表演。天哪，她居然「前跳、後跳、交叉跳、花式跳……」都跳得那麼棒！一跳完，全班小朋友也都不吝嗇地給她如雷的掌聲！

我想，那是玉梅小學生涯中，第一次接受「如此豐盛的喝采」，因她的學業成績始終都是「最後一名」；然而，當她跳完繩，抬起頭，甩了一下頭髮，她的眼睛竟變得好亮、好美、好有自信！

就這樣，我發現了玉梅在體育方面的長處，也鼓勵她加入了「田徑校隊」。而在升學國中時，更是大爆冷門，全班只有玉梅一人進入「資優班」——考上高雄一所國中的「體育資優班」。

十多年後，我與孩子們有機會於同學會中，再次相遇。

那天，我搭車到高雄，亭亭玉立的玉梅到火車站來接我。一見面，玉梅就說：「倪老師，今天同學會，來了十多位同學，大家都在高醫的加護病房！」

「為什麼？」我大吃了一驚。

「因為李凱出了車禍，他去跟人家飆車，撞成重傷，現在正躺在醫院裡，一直昏迷不醒，我們大家都到醫院去看他。」玉梅心情沉重地告訴我。

到了高雄醫學院的加護病房，我穿上「消毒衣」進入，看到同學們都已經站在裡面。而李凱，他躺在病床上，戴著氧氣罩，頭與臉部已經嚴重扭曲、變形、浮腫……全身也布滿插管；一旁的心電圖則顯示，他的生命跡象十分微弱。

醫生說，李凱已經快不行了！他被撞後到現在，都沒有醒來過；不過，我們可以多跟他講講話。這時，我摸摸李凱的腳，也摸摸他的手……他，竟是那麼冰冷！我和同學們不斷地叫他：「李凱、李凱、李凱……」可是，他始終動也不動地躺著。

我的眼淚不聽話地流了下來。李凱、李凱……小時候，我那最可愛、最漂亮的李凱到哪裡去了……你知道嗎？老師一直記得你小時候俊帥的臉龐呀！可是，你現在……怎麼動都不動，不看老師一眼，也不回答老師一句話呀！

此時，玉梅站在我身旁，拉拉我的手，對我說：「老師，妳跟他說嘛！妳跟他說『妳以前常對他說的那句話嘛』！」

我愣了幾秒，知道了。我握住李凱的手，彎著身，靠近他的耳朵，清晰地對他說：「李凱……你騎車……要慢慢騎……要慢慢騎哦！」

話一講完，李凱的眼眶頓時溼紅了起來，心電圖的曲線也起了變化。雖然，他仍舊戴著氧氣罩，一動也不動，但是，他的眼淚，竟從眼角流了下來……

那天夜裡，李凱走了，動也不動地走了。

而他俊帥的臉龐、頑皮地騎著快車，以及扭曲浮腫的眼角滴下淚水的情景……卻是我心中「永遠的悲痛與回憶」！

小感動啟示

法國文學家盧梭曾說：「你知道用什麼方法可以使你的孩子成為『不幸的人』嗎？就是——對他『百依百順』！」

如果老師或父母，對孩子「太縱容、太放任、太溺愛」，就可能會害了孩子，甚至使他成為「不幸的人」。所以，「嚴格，也是一種慈悲。」

事實上，人都有情感式的「月暈作用」，也常會「以貌取人」，見到可愛、漂亮、聰明、能言善道的孩子，會特別喜歡他；就像本文中的「**倪美英老師**」一樣，因太過於偏愛李凱，在他騎快車時，未曾嚴厲地管教他、約束他，以致最後李凱因飆車而喪失生命。

「愛孩子」是對的，但是必須是「有智慧的愛」，不能是「縱容的愛」；若太過溺愛孩子，就如同在孩子的成長性格上「下了毒藥」，將會使孩子嘗到苦果！

所以，古人說：「愛是好的，姑息卻是絕對的惡！」

老師，我要當「中國小姐」

♥培養孩子「樂觀心」和「正面思考」的生活態度。

♥一顆不畏挫折、充滿希望的心，勝過家財萬貫。

每次只要我問小朋友：「你的志願」或「你的夢想」時，小慈總會說，她想要當「中國小姐」！哇，好特殊的一個夢想哦！不過，事實上，小慈長得也真是滿漂亮的，她不僅是功課好、人緣也很好，穿著打扮更是乾乾淨淨，總是每天笑咪咪的，氣質跟別的孩子很不一樣。

我想，小慈從小就與眾不同，想當中國小姐，家庭的環境與薰陶一定很不錯；前一陣子，我計畫做班級通訊錄，小慈就自告奮勇舉手說：「老師，我來做，我家有電腦。」真的，在鄉下的學校，家中有電腦的孩子不多，小慈真是「天之驕女」啊！人漂亮、功課好、才藝又很棒，才四年級，就被選為「全校總指揮」，經常在升旗典禮時，領導全校小朋友唱國歌。

一天，下午沒課，我和十幾個小朋友約好，做非正式的家庭訪問，也讓小朋友學習「當主人、接待客人」。那天，我和每個小朋友都騎著腳踏車，在靜靜的街道上呼嘯而過；在繞過幾條小路之後，小慈把腳踏車停在一間暗暗的小平房前，笑嘻嘻地對我說：「老師，到了！」我愣了一下，奇怪，小慈的家不是很有錢、是住大別墅的嗎？怎麼會是住在暗舊的小房子？小慈一定是在跟我開玩笑！可是，小慈又說：「老師，這就是我家，歡迎您來參觀！」

我傻眼了！這小平房的門口，還掛著竹竿、曬著衣服呢！我停好車，低彎著頭，進了陰暗的屋子裡。天哪，這屋子這麼小，連沙發上也堆滿了東西，小朋友都擠進來，根本連站的地方都沒有。可是，小慈笑咪咪地拿著一張椅子給我坐，並說：「老師，這就是我的家！」隨後，她從冰箱裡

拿個東西出來，說：「老師，這是我自己做的巧克力凍，請您吃吃看！」

此時，小慈轉頭對其他小朋友說：「對不起哦！同學們，我不知道有這麼多人要來，所以我只有做一個巧克力凍請老師吃！」

「沒關係，這巧克力凍很大杯，我們大家一起吃！」我提議，於是小朋友每人都拿個小塑膠湯匙，一人吃一小口，嗯……好好吃！

「老師，您看，這就是我家的廚房，很小，可是媽媽常在這裡做很好吃的菜給我們吃哦！」小慈笑笑地幫我介紹，可是，這廚房又黑又暗，陽光根本就照不進來。

「老師，您再看，這就是我睡的床！」我轉過身，看到一張小床，上面還掛著「蚊帳」。天哪，我已經好久沒看過蚊帳了，怎麼還會有人用蚊帳？我順口說：「小慈，這蚊帳好漂亮哦！」

「對、對，這蚊帳很漂亮，只要一掛上去，就沒有蚊子了……老師，

♥「老師，這就是我家，歡迎您來參觀！」

我們家是平房，旁邊有水溝，蚊子很多，以前我常被蚊子咬；可是，自從爸爸幫我買了蚊帳以後，就沒有蚊子會咬我了！」小慈臉上露出喜樂、滿足的笑容。

「老師，您再看看，我有電腦耶……這是我媽媽回家打公文用的！平常我比爸媽早回家，就先煮飯、洗衣服，然後自己學打電腦，我都是在這裡打的耶！」

這時，小朋友都擠過來看電腦，把小小的屋子擠得密不通風，一下子，我就滿頭大汗。我說：「小慈，妳在這裡打電腦，會不會很熱？」

「不會啊！老師，您看！」我順著小慈的手指，抬頭往上一看——斑駁的牆上，吊掛著一台老舊的「大同電扇」！小慈好似得意地說：「老師，我們家有電扇耶！很熱的時候，打開電扇，就不熱了啦！」

我一聽，眼眶紅了起來！是啊，即使沒有冷氣，很熱的時候，打開電扇就不熱啦！這麼知足、乖巧的小慈，我還以為她是住「大別墅」呢！

凍？」

「老師，今天的巧克力凍好不好吃？」「好吃，好吃，很好吃！」我真心地稱讚，也不禁問道：「小慈，妳怎麼這麼棒，自己會做巧克力凍？」

「老師，我自己看食譜，自己學的啦！……老師，您看，我按照這本食譜自己學，我已經試做很多次了耶！」

我望著小慈，也打從心裡真心地佩服她。

「老師，我爸媽很忙，白天都在上班，我放學回家，沒錢去上安親班，我就自己學做巧克力凍、學做菜、學縫衣服……老師，上次我送妳的小針包，就是我自己做的耶！」小慈滿臉歡愉地說：「老師，放學回家後時間很多，我可以學做好多事哦！」

天哪，小慈，妳小小年紀，怎麼會這麼乖、這麼懂事？此時，小慈又對我說：「老師，我還會做『生菜沙拉』、做『生機飲食』給媽媽吃呢！老師，您知道嗎……」這時，小慈突然壓低聲音，悄悄地對我說：「老師，我媽媽沒有乳房了！」

「啊？」我吃了一驚。

「老師，我媽媽得了乳癌，乳房已經切除，她現在已經沒有乳房了！可是，我媽媽很勇敢耶！所以我也要很勇敢……老師，我媽媽說，我跟弟弟都太小了，她不能這樣離開我們，她一定要勇敢地活下去！所以，她到醫院割完乳房後沒幾天，她就回去上班了……老師，我媽媽生病了，又要辛苦賺錢養我們，我一定要很乖、一定要聽話，也要學做很多家事，來幫媽媽的忙……」

看著小慈，我哽咽了起來。小慈，親愛的乖孩子，老師以妳為榮！妳這麼懂事、這麼乖巧，妳在老師的心目中，已經是最漂亮、最美麗的「中國小姐」了！

感動小啟示

古人說：「室雅何需大？」的確，這篇的故事，讓我體會到——即使住在一個狹小的屋子裡，但，只要屋裡的人「溫馨、有愛、有親情」，就會像住在明亮的「快樂天堂」一般，比住在偌大豪宅、卻沒有親愛的人「更加溫暖」呀！

孩童是「可塑性」最強的時期，老師和家長，除了教導孩子的知識之外，更要培養孩子「樂觀心」和「正面思考」的態度。

有些人很聰明，但遇困難，就自暴自棄；但有些人遭挫折，卻越挫越勇，這其間真有天壤之別呀！**一顆不畏挫折、始終充滿希望的心，比家財萬貫更有用；一個積極、樂觀的正面思考，比拿碩士、博士更實際啊！**

所以，不必給孩子千百萬的財產，卻要教他有「適應環境」「不被擊倒」的能力！

培養孩子一顆「感恩心、樂觀心、積極心」就是父母給他的最佳財富，孩子的一生都會帶著它。

一輪明月照我心

老師的用心，孩子看得見！
揚善於公堂，規過於私室。

紹祥是一個很乖巧的小孩，四年級，很懂事，在教室裡經常幫我做很多事；放學時，也陪我鎖教室的門、替我牽腳踏車，一起回家。而且，他的毛筆字寫得很好，所以他常常寫些小詩、春聯，偷偷地放在我的桌上送給我。

說真的，我很疼愛紹祥這個「善解人意」的小男孩，也常用「笑咪咪的臉、柔柔的眼光」對待他。可是，一天早晨，紹祥的媽媽氣急敗壞地跑到學校來，告訴我說：「紹祥又偷錢了，這次偷得是兩千元！」

「不會吧！」我不太相信地說，「紹祥這孩子很乖巧、聽話，怎麼會

偷錢？」

「老師，妳不知道啦！妳不要被他騙了，他是出了名的雙面人。他在學校好像很乖，可是妳不知道，他在家裡有多壞，常常偷錢！他爸爸天天打他、罵他，可是他偷錢的壞習慣一直沒改！」紹祥的媽媽大聲說道。

「他什麼時候開始會偷東西呢？」我問。

「從幼稚園開始就會啦！」

「可是，我教他一年多了，班上從來沒有人掉過錢或掉過東西啊！」

「他就是喜歡妳，所以才不敢在妳面前做壞事啊！」

「可是，這麼好的孩子，為什麼非偷錢不可呢？他在家裡，是不是心中有什麼痛苦、陰影或悲傷呢？」

當我這麼一問，紹祥的媽媽眼眶馬上紅了，也哭了起來！她說：「我連生三個女兒，最後才生紹祥這個男生。可是他爸爸覺得兒子『不打不成器』，一定要嚴格管教，才能『棒下出孝子』；所以只要紹祥一做錯什麼，他爸爸就很兇地打他，打得很厲害，有時連我也被打……」

紹祥的媽媽低泣地說：「紹祥……他只要前一天被他爸爸打，隔天，他就一定會偷家裡的錢，真的很壞！」

看著哭泣的媽媽，我心裡一陣難過。事實上，紹祥的本性很好，只是在他的心裡，有一處「很痛苦、陰暗的角落」，我想，我必須帶一盞燈過去，把他照亮才好！

回到教室上課時，我說一個故事給孩子們聽——

從前，有個老禪師，一個人在山上修行。一天晚上，他散完步後，走回屋裡，赫然發現有個小偷正潛入屋內偷東西；這老禪師知道，屋裡沒啥東西好偷，這小偷將「一無所獲」，所以就脫下外袍，站在門口等著。

倉皇中，小偷看到門外的老禪師，嚇了一跳；當他想逃走時，只見老禪師將手上的外袍披在他身上，輕輕說道：「沒有什麼東西好送給你，這件袍子，你就披著吧！山上夜裡天氣很涼，你自己一路要小心哦……」

小偷不知所措地離去時，老禪師望了天上皎潔、明亮的月亮，感慨地

老禪師對小偷說：「沒什麼東西好送你，這件袍子，你就披著，一路小心……」

說道：「唉，真想把『一輪明月』也一起送給他！」

這句話，那小偷聽到了，但，他頭也不回、加快腳步地逃走了。

隔天清晨，天亮了，老禪師打開門，驚然發現，他披在小偷身上的外袍，已經摺疊整齊、恭敬地放在門口。

老禪師很愉快地說：「真高興啊，終於把『一輪明月』送給他了！」

故事說完了，全班小朋友一片靜謐。

我問小朋友：「為什麼老禪師會這麼說——『終於把一輪明月送給小偷了呢』？」

小朋友們你看我，我看你，沒有人回答。

此時，我將眼光移到紹祥的身上，我看著他，也期待著他。我相信，他這麼聰明的小孩，一定會聽得懂。

當我的眼光與紹祥交會片刻後，他，懂得我的心，舉手站起來說道：

「老師，老禪師說，他終於把『一輪明月』送給小偷，是說小偷很慚愧，可是，他的心，已經像一輪明月一樣，很乾淨、很潔白，以後再也不會偷東西了！」

紹祥說完，我倆目光再次一望，他的眼中閃著淚水；而我，也掉下了眼淚！

現在，紹祥長大了，書法寫得極好，他每年春節前，都會親自書寫春聯送給我；而我，總是將這些春聯貼在門上，也時時刻刻記得——他「一輪明月」的心與鏡！

小感動 啟示

倪美英老師在遇到孩子犯錯時，並沒有立即「拆穿、點破」，或公開指責孩子、讓孩子難堪；相反地，她用「委婉、比喻」的方式，來保留孩子的面子，也維護孩子的「自尊」。

「老師的用心，孩子看得見！」倪老師不露痕跡的暗示，讓孩子知道過錯，並誠心改過；這，豈不是「愛的教育無比之美」嗎？這亦即古人所謂**「揚善於公堂，規過於私室」**的道理。

我們可以試著做「引導者」，而不要做「強勢指導者」或「命令者」；因為有創意、有耐心、循循善誘的引導，比嚴辭教訓或命令，更有助於孩子們的自我成長。

同時，我們也可以學習——**容許別人有犯錯的空間，不必當眾「羞辱他」或「撕破臉」；畢竟，有「弦月之憾」，才有「滿月之美」呀！**

阿爸，你不要去找老師算帳嘛！

♥父母最好的身教，從真誠尊敬老師開始。

♥憤怒時，先沉澱心情，讓情緒換跑道！

國小六年級時，阿宏的班上換了一位莊姓男導師。莊老師的年紀快六十了，頭髮也斑白、稀落，走路時，總是駝著背，而且，穿衣服都很邋遢、隨便，甚至常穿個拖鞋、涼鞋，就到學校來上課。

莊老師不修邊幅的樣子，在鄉下的學校，校長也不太管；於是阿宏班上的男同學就幫莊老師取了一個綽號，叫「莊老猴」（台語）。因為，莊老師邋遢的穿著，以及駝背走路的樣子，從背後看，根本就不像個老師，有時還讓人以為是工友。

一天，阿宏和幾個男生走在莊老師後面，也學著老師走路的模樣，而且還一邊訕笑、一邊起鬨地叫著：「莊老猴、莊老猴……」這時，莊老師裝作沒聽見，繼續往前走，突然之間，冷不防地，莊老師快速地回過頭，想逮住罵他綽號的學生。

莊老師突來憤怒的動作，把後面的小男生們嚇了一大跳，大夥兒機靈地一哄而散！可是，阿宏的個子比較小，跑得慢，一下子就被老師抓到衣領，跑不掉了！此時，盛怒的莊老師大聲斥責道：「你剛才罵我什麼……」「我……我沒有罵你什麼……」阿宏的手肘被莊老師緊緊地捏著，全身發抖地說。

「還狡辯？我明明聽到你在背後罵我，還說沒有……」莊老師話還沒說完，「啪」一巴掌，就打在阿宏的右臉頰，又氣急敗壞地說：「真是混蛋，看你們以後還敢不敢罵我……你到教室後面罰站，放學後不准回家！」

那天，同學們早就放學了，只有倒楣的阿宏，被老師罰站到天黑，才摸黑走路回家。可是，還沒進門，就看到老爸赤著腳，站在門口大聲罵道：「你這個死囝仔，這麼晚了才死回來，你跑到哪裡去玩了，你說！」

「我……我沒有去哪裡玩啦！」阿宏背著書包，身子直直地低著頭。

「還說沒有！你講白賊（撒謊）！」阿爸氣呼呼地，話還沒說完，「啪」重重一巴掌，又打在阿宏的右臉頰——「說，你給我老實說，你跑去哪裡了？」

「我……」阿宏低著頭，右臉紅腫、熱熱地，眼淚也不爭氣地滴了下來！他抿著嘴，吞吐地說：「我……我罵老師，被老師打一巴掌，留……留在教室罰站啦！」

「什麼？你被老師打……那你罵老師什麼？」阿爸生氣地說。

「我……我沒有罵他，我只叫他『莊老猴』而已，我們同學都這樣叫他啊！」

阿爸一聽，氣死了，馬上說：「走，跟阿爸到老師家去！」阿爸在牆角，隨便找了一雙木屐，強拉著阿宏的手，疾步地走到村子裡莊老師的家。

到了老師家門口，阿宏嚇得不敢進去，一直哀求，「阿爸，你不要那麼生氣，不要去找老師算帳嘛……」

「死囝仔，你給我進來！」此時，阿爸把阿宏硬拉進老師家，並當著老師的面，斥喝地說：「阿宏，你跪下，給老師道歉，向老師說對不起！」

「啊……要我跟老師跪下、道歉？」阿宏傻了眼，他以為阿爸是要向打他一耳光的老師算帳的，怎麼反而要我跪下、道歉？

「我不要，我不要！剛剛老師已經打過我了，我不跪！」阿宏賭氣地說。

「你不跪、不道歉？你這個死囝仔，嘴還這麼硬！你不跪，不向老師說對不起、不尊敬老師，那阿爸來跪好了！」穿著汗衫、短褲和木屐的阿爸，看著不受教的兒子，氣得想自己跪下去！莊老師見狀，也愣嚇了一下，趕緊扶著阿爸說道：「沒什麼事啦！沒什麼事啦！你不要激動……」

這時，一旁的阿宏流著淚、看著阿爸，又看著老師，撲通地跪在地上說：「老師，對不起……」

夜裡，在回家的路上，阿爸一直在前面走著，不發一語。

回到家裡，脫下木屐，阿爸才紅著眼眶、緩緩地開口說：「阿宏，阿爸跟你說，做囝仔的人，在學校念書，就是要尊敬老師，這樣老師才會把好的東西全部都教給你……**阿爸就是從小沒念書，一輩子只能在鄉下種田，沒有出息！現在，你媽媽已經死了，我供你念書，你能念，就要用功念書。而且，你永遠要記得——一定要尊敬老師！你懂嗎？**」

「一定要尊敬老師！」這句話，一直烙印在阿宏心裡，不敢忘記；而以前阿爸在莊老師家，「對老師尊敬」的那一幕，也永遠刻印在他心中。

後來阿宏念了師專、當了老師，可是「莊老猴」的身影，一直浮現在他眼前——是警惕、是鼓勵、也是借鏡——**「我一定要做個服裝儀容整潔、有笑容、有愛心的好老師，我不能成為讓學生在背後譏諷、嘲笑、看不起、邋遢的老師！」**

因此，阿宏從當小學老師開始，就每天「打領帶上課」，即便天氣炎熱，他的穿著依然如此整潔、乾淨、有精神。

如今，阿宏已當了校長十多年，頭髮白了，也到了可以退休的年齡；當我好奇地問他「為什麼在夏天還穿西裝、打領帶來學校」時，他幽幽地向我回憶起這段往事。

阿宏校長說：「**我們當老師、校長的，自己的言行、穿著都要給學生最好的榜樣；我們不僅要讓學生在面前尊敬我們，也要讓學生在背後——真心地尊敬我們！**」

感動小啟示

在本篇故事中，我們看到的是，一個未念書的父親，「真誠真心」地尊敬老師；雖然孩子被老師打耳光，但是孩子有錯，立即要求孩子向老師下跪認錯！「不跪？阿爸來跪好了！」看到這一幕，豈不讓人深受感動？

真的，「言教不如身教」「父母最好的身教，從真誠尊敬老師開始。」阿宏的父親「真誠尊敬老師的態度」，改變了阿宏的一生！所以，西方教育家赫伯特說：「一個父親，勝過一百位校長。」

其實，一個人「尊敬的心」、「尊敬的態度」十分重要——每個人都要尊敬老師、尊敬父母、尊敬長官、尊敬工作。為人師表者，也必須「尊重學生」；在孩子犯錯時，盡量避免立刻「怒火中燒、以牙還牙」，或是「用刀子口對準孩子」，畢竟孩子就是孩子，他們的心智尚未健全啊！老師一「怒」，豈不就成為「心」中之「奴」，被心中怒火給奴役了？

因此，老師也可以學習——「先處理心情，再處理事情！」讓自己先將情緒沉澱下來，暫停一下（Time out），讓「情緒換跑道」，免得使自己的情緒失控、一發不可收拾！

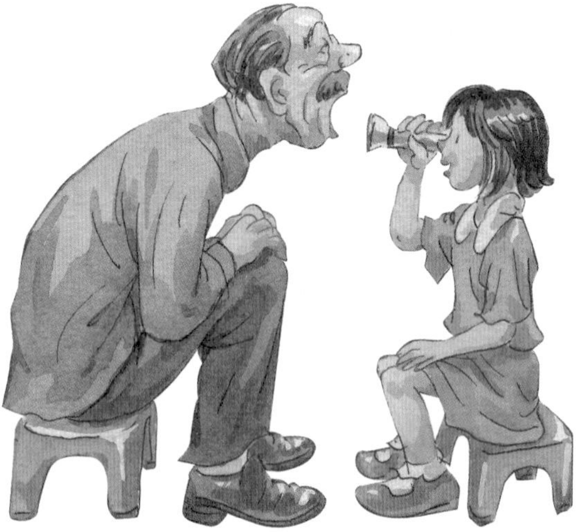

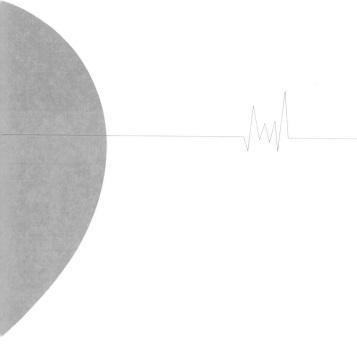

Part 4

開懷微笑，伸出友誼之手

寒流來襲那天，她失約了⋯⋯

♥肯定自己、欣賞自己、看到別人。

♥學習真心體諒別人、關懷別人。

多年前的一個冬天中午，我從學校木柵開車到台北，趕赴一個私人的約會。她，是一位國中老師，從小我們就認識；如今，我們長大了，也都有自己的工作。而她，拿到教育碩士學位，也結婚了。

那天，寒流來襲，刺骨冷風颼颼地吹，溫度不到十度；但是大家既已約定好中午「十二點半」見面，吃飯、敘舊，機會難得，也就依然赴約。

在市區開著車子，我心裡十分著急，因遇到「道路整修工程」而塞車，而約會時間已經到了，我竟然還塞在馬路上，動彈不得。

後來，我依約抵達她學校門口的時間，大約是中午「十二點四十五

分」。我四處張望，沒見到她的身影。我想，也許她還沒有出來；或是，因天氣太冷，她躲進警衛室暫避寒風，等一下她就會探頭出來了。

可是，我一直等，等到一點鐘，學校鐵門依然深鎖，沒看見她的蹤影。我打電話進去教師辦公室，正在休息的其他老師說：「何老師早在半個多小時前就已經出去了！」

我沒辦法，也不知道她在哪裡？只好縮著身子，躲進車子裡，眼睛注視著約定見面的校門口，看她是否會突然出現？

當時，我真的非常生氣，氣她幹嘛這麼無情無義，大家好歹也都是認識多年的老朋友了，難得見一次面，為什麼要遲到這麼久？還是……她已經先走啦？可是……我因為塞車，只遲到十五分鐘而已，她幹嘛這麼「不近人情」、沒有「朋友道義」，等不到十五分鐘，自己調頭就走……

我等呀等，等到一點十五分……一點半……最後，我放棄了！她應該是不會再出現了，她絕對是自己先走了。

當時，我真的非常憤怒、也很不能諒解，我在這麼酷冷的天氣，開車趕到妳們學校門口來和妳見面，妳怎麼可以這樣不通情理，讓我在那兒枯等快一個小時？這哪是老朋友該有的態度？怎麼可以「食言而肥」？

我很不愉快地開車走了，我知道，我不會打電話給她了，她如果真的有什麼事，她應該會主動打電話來跟我道歉、向我解釋。

可是，那一下午、一晚上，她都沒有打電話來；甚至一個星期、兩個星期，都沒接到她的電話。我實在很生氣，妳約會「失約」了、不守信，怎麼不懂禮貌，不知道向人家道歉？還當什麼老師……算了，我不跟妳計較了，我也不打算再交妳這種朋友了，不打電話來就算了！

大約是三個星期後，我接到了她的電話。她的聲音依然甜美、嬌嫩，也笑笑地稱呼我「戴哥……」我一聽到是她的聲音，就開始不高興，心想——好啊，妳終於打電話來了！可是，妳幹嘛一副「嘻皮笑臉」的聲音？

♥ 那一天，我在校門口等你，可是……那天實在太冷了……很不舒服，所以我先坐計程車回家了！」

「戴哥，對不起啦……那一天我到校門口等你，我還提前在十二點十五分就去等你；可是……那天，外面實在太冷了，風太大了，我站在校門口一直等你，等到十二點四十分，我真的覺得很不舒服、很受不了，實在撐不下去了，所以，我就先開車回家休息了！回到家，我……我發現……我流產了！」她說。

原本，我很冷漠、無情的心，痛恨她「食言」的行為；可是，一聽到「流產」兩個字，我突然心中嚇了一跳！

「流產？……流產？」一時之間，我竟不知如何回應？當時單身的我，真的不知道女孩子「流產」會是怎樣的一種狀況？只猜想，大概是很可怕、很難過、褲子全部都是紅色的血……

後來，我才慢慢知道，女孩子受孕後的頭一、兩個月，站得太久，走動太頻繁、太勞累（尤其是女老師），都很容易「流產」，而原本渴望「懷孕生子」的期待和喜悅，就暫時破滅了！

唉，每個人都有不方便、不得已的時候啊！我……我真的是豬頭啊！

感動小啟示

事隔多年，我真的忘記「那通電話」我是怎麼結束的？

我只清楚記得她跟我說「我流產了」的那種無助、又強作笑臉、又向我說「對不起，我失約了」的口吻！

我真的感到非常的慚愧與內疚，我萬萬沒想到，我自己的遲到，害得她很不舒服、害得她流產；而我，還在咒罵她「沒情沒義」、「不夠朋友」……甚至還痛恨她三個星期。

唉，原本自己才真正是「沒肝沒肺」的混蛋啊！如果我們只會「責怪別人」，而不懂得「體諒別人、關懷別人」的話。所以，我也學習到：「肯定自己、欣賞自己」，還要「看到別人」——看到別人的好與付出。

那天，在我的日記簿中，我記下了自己的愧疚，不過，也很高興、快樂地寫道：「感謝她主動打電話來，否則，我不知道還要誤會她、錯怪她多久呢！」

碼頭上，賣玫瑰花的小女孩

鳥需要巢，蜘蛛需要網，人則需要友情。
讓我們成為「不吝付出、常伸出友誼之手的人」。

那是一個秋後的下午，雪珍懷著一份依依不捨的心情，結束探視在金門服役男友之行，即將搭船返台。

第一次「乘風破浪」地到達金門，讓雪珍看到戰地的堅強堡壘，也看到了半年未見的男友——他，變結實了，皮膚黝黑，也顯得精神飽滿、神采奕奕。如今，三天過去了，雪珍站在碼頭上，等候船艦，也回想與男友在金門風景區留下的美好時光。

「姊姊，幫我買一束花好不好？一束一百五十元！」一位七、八歲的小女孩跑過來，向雪珍兜售鮮花。

♥ 姊姊，我把花送給妳，祝妳一路順風、一路平安！

雪珍看了一下，是盛開的玫瑰花，約有十朵，滿漂亮的；但是，雪珍心想，都要離開金門了，男朋友都已見過，沒必要買花了，所以就向小女孩微笑，並搖搖頭。

碼頭上，還有其他阿兵哥、居民和從台灣來探視服役子弟的旅客，都一直在等候上船。還好，秋高氣爽，天氣不太冷。

過一會兒，小女孩又走了過來，向雪珍說：「姊姊，幫我買一束花嘛，好不好？一束一百元就好，這花很香、很漂亮哦！」雪珍依然回給小女孩一個微笑、搖搖頭。小女孩失望、無奈地離開，繼續向其他乘客兜售花束。

過一會兒，小女孩又跑了過來，幾乎有點乞求地說：「姊姊，幫我買一束花好不好，一束五十元就好、五十元就好！」雪珍心想，實在不需要花了，都要回台灣了，買花做什麼？所以，雪珍仍然對小女孩微笑、搖搖頭。

不久，乘客終於可以登船了，雪珍和大家一樣，陸續上船；雪珍站在甲板上，希望能看著金門島慢慢遠去。可是，雪珍的心情卻十分複雜——

既想趕快回到台灣，卻又捨不得離開服役的男友……

此時，船已經發動，有些搖晃、站不太穩；當雪珍看到碼頭上抱著一束花的小女孩時，只見小女孩大聲地說：「姊姊，我把花——送給妳！」隨後，小女孩就把一束玫瑰花，用力丟了過來。

這時候，雪珍愣住了，她接住小女孩丟過來的一束花，驚訝地說：「妳為什麼要把花送給我呢？妳還可以把花賣給其他人啊？」

小女孩站在碼頭上說：**「姊姊，你們這艘船回台灣後，下一艘船再到我們金門來，不曉得是幾個禮拜以後的事了，我的花都凋謝了！沒關係，我把花送給妳，祝姊姊一路順風、一路平安！」**

小女孩一邊說、一邊露出可愛的笑容，向站在甲板上的雪珍揮揮手！雪珍抱著玫瑰花，一時不知所措，她甚至有一股衝動，想把身上所有的錢都掏出來，丟給站在碼頭上可愛的小女孩！可是，船已經緩緩駛離碼頭，眼前看見的，是一個小女孩的「真摯笑容」和「揮手祝福」，但是，那小女孩，卻漸——行——漸——遠——

雪珍的眼眶模糊了！她在想，恐怕這一輩子，再也沒機會看見那天真可愛的小女孩了，但是，她卻平白無故地接受小女孩真心送給她的一束玫瑰花！而她自己，竟然那麼吝嗇於給對方一個幫助、一個買花的小小幫助。

感動小啟示

溝通心理學中提及「交換理論」（Exchange theory），意即人際關係是「相互交換」、「互惠、互饋」的；人們都希望別人給予自己一些幫助，而這這幫助有時是金錢的、物質的，有時是動作的，或是言語的、說話的。所以，在我們獲得別人給予「正面幫助」和「正面酬賞」後，我們也會給對方相互的「正面回饋」，來增進雙方的情誼。

給他人一個稱讚、幫助或施予，都是人間最寶貴的禮物。鳥需要巢，蜘蛛需要網，人則需要友情！讓我們成為不吝嗇於付出、不吝惜於伸出友誼之手的人。

約會老是遲到的男生

♥給對方一個機會，也是給自己一個機會。
♥拋棄傲慢與偏見，才會更快樂！

那天，是淑卿的二十二歲生日，也是大四畢業前的一次生日，她與男友約好一起慶生。男朋友說，六點半先騎摩托車來接她，一起到外面西餐廳吃一頓羅曼蒂克的晚餐，然後再去看電影「英倫情人」，並夜遊……

晚上六點半，淑卿早已打扮得漂漂亮亮，也穿了一件新買的洋裝，在學校附近的住處等男朋友來接她。可是，等啊等，等了半小時、四十分鐘，他竟然還沒出現，真是氣死人了！

淑卿看著身上的洋裝，心裡越想越氣——「你這個豬啊！遲到的老毛病又犯了，每次約會，你總是慢吞吞、拖拖拉拉的，說什麼臨時又有要緊的事、來不及，要不然又是什麼塞車啦！都是藉口。你根本沒有把我放在眼裡嘛……何況，今天是我的生日耶！有什麼要緊的事，會比幫我慶生還要重要嗎？」

淑卿等得很不耐煩，心裡也很火大，都超過了一個小時了，你這個死豬，居然還不來！有事不能來，也要打個電話呀！笨啦！淑卿心裡氣得火冒三丈，且不斷地咕噥——你看，今天二十二歲的生日又被你搞砸了！這種氣氛、這種情緒，怎麼去慶生？怎麼吃「生日晚餐」？

過了一個半小時，電話鈴聲終於響了！

「鈴……鈴……鈴……」電話一直響著，淑卿氣壞了，她要賭一口氣，就是「不接電話」。她知道，一定是那死男朋友打來的，一定是打電話來「道歉」、來說「對不起」的。哼，我就是不接電話，要讓電話一直響、一直響、一直沒人接，讓這死男人知道，「等人的滋味」是多麼不好受！誰叫你每次約會都遲到、都不準時！

電話鈴聲又繼續響，約響了三、四十下，最後，終於掛斷了。

大約半個小時後，電話又打進來了。「鈴……鈴……鈴……」可是，怒火未消的淑卿，依然「不接電話」，她就是要她男朋友「急、急、急」，讓他急得找不到她，甚至要讓他去亂猜——是不是跟別的男生出去了？這樣，男朋友才會懂得珍惜她，不要隨便「約會遲到」。不然，男友有誠意的話，就要趕快過來看她！

後來，電話也是響了三、四十聲，又掛斷了！

從那時以後，電話就不再響了。當淑卿企盼電話再度響起時，整個晚上電話卻都不再響起。這個時候，換淑卿開始急了——「怎麼電話不再響了？怎麼不再響了？」而且，男朋友也沒有出現。

淑卿一整個晚上都睡不著，心裡又氣又恨，恨她男朋友「沒情沒義」、不懂「憐香惜玉」……

隔天清晨六點，電話終於響了，淑卿趕緊接電話。這電話，不是男朋友的聲音，而是男友的姊姊顫抖的聲音——

「淑卿……毅民他……他已經走了！昨天晚上……他騎摩托車，帶著一盒蛋糕……一束鮮花和小熊熊……要來幫妳慶生……可是，一不小心，跟人家相撞，摔倒在地上，造成嚴重腦震盪……送醫院急救後，醫生搶救無效，他……已經……在今天早上四點過世了……」

淑卿一聽，如同青天霹靂，整個人大聲痛哭，癱倒在地上！

男友的姊姊說，原本他弟弟在送醫急救時還有意識，曾經要求醫護人員打電話給淑卿，叫她趕快過來，但是，醫護人員打了兩次電話，都響了三、四十聲，卻始終沒有人接電話。

而在男友毅民病危時，在病床上喃喃自語地喊著「淑卿」的名字，也斷斷續續地說著——「淑卿……蛋糕……都已經撒落滿地、壞了……不能吃了……花和小熊熊，也都壓壞……弄髒了……對不起！」

本來，淑卿還有機會去醫院見男朋友最後一面，但是，她當時的「自我與傲慢」，故意不願接電話，造成連男朋友的最後一面都沒見到，而留下一生中無法彌補的「悔恨」，也是心中永遠的「慟」。

♥ 蛋糕、花束和小熊熊，都壓壞了，散落一地……

小感動啟示

當我聽學生講這則真實故事時，心中一陣震撼——我們經常很「本位主義」、「自我中心」，都只站在自己的立場、只關心自己的利害，而很少替對方著想；我們「自以為是」的心態、「傲慢偏見」的怒氣，把我們自己推向一個「無法轉圜」的死巷，最後悔恨不已！

我們不快樂，是因為沒有考慮對方；我們氣憤不已，是因為不給對方解釋的機會。所以，「給對方一個機會，也是給自己一個機會」；「給對方一個轉圜的空間，也是給自己一個轉圜的空間」！

《聖經》上說：「虛心的人有福了，因為天國是他們的。」

是的，要讓自己快樂，必須虛心地找出「我們自己的弱點」、「易脆的環節」和「心中的傲慢與偏見」。唯有知曉自己心靈的「匱乏與不足」，謙卑虛心地不斷學習，才會更快樂！

破蛹而出，才能成為飛舞的彩蝶

♥挫折，不是失敗，只是暫時不如意而已。

♥打敗悲觀、戰勝挫折，迎向陽光和微笑！

在各地熱情的演講邀約中，我因時間、體力有限，很少到聽眾人數少或極偏遠的山區去演講；可是，那一天，我卻獨自一人，從台北開著車，前往台灣尾的「屏東縣牡丹鄉」。

這趟路，要花掉我七、八個小時，但我不以為意，因我把它當成是靜思、冥想兼旅遊的時間。其實，這一路上，我的心是沈重的，因為，我的目的地是「牡丹國中」，那是一所十分偏遠的山地學校，再繼續開，就快到台東的太平洋啦！而我的後車廂內，裝載了三百多本書，這些書，是要捐給牡丹國中的孩子們。

真的，山地學生的壓力，實在是夠重的！許多父母為了家庭經濟，必須到大城市打工、謀生，留下幼小的孩子在山地、住在學校裡念書。可是，天真可愛的孩子啊！為什麼你只因丟掉了一輛摩托車，被長輩責罵，就要「上吊自殺」？治安敗壞、小偷猖獗，是這個社會、這個國家對不起你呀！你又沒做壞事、也沒偷沒搶，只是每天賴以代步的摩托車，被可惡的小偷偷走了，你竟萬念俱灰，一時想不開，就走上絕路！

唉，我們台灣的治安太壞了，連偏遠山區可憐人家的機車都要偷，這真是國家的不幸，也是人民的不幸呀！可是，小小年紀的你，經年累月父母都不在身旁，只有年老的阿嬤相依為命，你的心，一定很苦哦！

孩子啊！我到達你的學校了，也看到你每天上課的教室、每天吃住的宿舍了。

這所讓你念了快三年的國中，有翠綠的大樹、平坦的草皮，老師和同學們都還在，只是他們一直懷念你，也摺許多紙鶴要送給你，希望你在天

♥ 人，要破蛹而出，才能成為飛舞的彩蝶！

國，能過得更加快樂！我想，在天國，大概不會再有小偷來偷你的摩托車了！

孩子，你知道嗎，孤獨的阿嬤哭紅了雙眼，她實在捨不得乖巧的你，就這樣走了！你不是說想考軍校、想當個雄赳赳、氣昂昂的軍人嗎？怎麼突然間，一句話都沒說，自己就離開了，讓她老人家一人孤苦無依地獨守舊家……

而且，或許你也已經知道了，你的知心好朋友、你的女同學玩伴，她在得知你輕生上吊離世後，於隔天清晨，被弟弟發現，也已經在家中上吊身亡！

天啦，你們怎麼要一起走這條「苦命路」呢？

其實，大家都知道，你們是一對很談得來的好朋友，經常互吐心事、相互安慰；可是，在你們相繼輕生後，老師和父母的心都好碎、好痛、好不捨啊！你的摩托車被偷，是小偷壞，是小偷不是人，但，你們都是努力上進的好孩子，為什麼要如此想不開？

還記得洪校長嗎？她是那麼愛護你們，和大家朝夕相處、親如媽媽；當她知道無法挽回你們的小生命時，真是心痛、哀傷不已呀！

而我，正站在你們學校的小禮堂中，許多記者都來了。我面對的，是你昔日一起歡笑、玩樂、住校的同學。可是，現在大家的心情，卻是無比的沉重、悲慟，畢竟你們都已和他們永別了，大家再也看不到你們倆活潑可愛的臉龐了。

孩子啊，天堂裡不知是否有「牡丹」？不過，當我第一次來到你的故鄉，一路上就被路旁兩側美麗的鮮紅花朵所震懾、驚豔——媽呀，我從來就不知道一條綿延不盡、沿途盛開大紅花的馬路，竟是如此壯闊、漂亮，令人振奮！

有一位出身屏東、現在住在台北的蘇老師，在報上得知你們過世的消息之後，心中感慨萬千；她自掏腰包購買我的書籍《激勵高手》、《圓夢高手》、《成功高手座右銘》等兩百餘本，要送給你昔日的同學們；而時報出版公司也送了許多其他我的書，要和你的同學們分享。

孩子啊，其實我不認識你，只是因著你，讓我有緣來到你山中的母校。這純樸、寧靜的學校，我會永遠記得！過些日子，當無數紙鶴消失不再時，紅紫奪目的鮮花，依然會依時節盛開；只是，你再也看不見這些璀璨耀眼的鮮紅花海了！

不過，盼望你在校的同學和學弟妹們，都能更加堅強；因為，我曾告訴他們：即使生命中有許多困境，但——

「在苦難中，不能喪失信心；在挫折中，要激發出勇氣！」

「人，必須脫困，才能擁抱另一個生命的圓！」

「走出傷痛、斬斷悲悽，才能破蛹而出，成為飛舞的彩蝶！」

小感動啟示

人生沒有絕對歡笑的，一定會有掉眼淚的時候。

不過，悲觀的人，是「比上不足」；樂觀的人，卻是「比下有餘」。

挫敗時，我們都要有「樂觀的思考」，因為，挫折不是「失敗」，挫敗只是「暫時不如意」而已呀！

人生不能「自陷於牢籠」，人生總要「突破零」，勇敢地踏出去！

因為，自我設限、自我束縛，就是把自己限制在「零」一樣，什麼都沒有。但是，只要「突破零」，成為「一」，就會有「二、三、四、五……」接踵而來。

真的，人生不要怕，勇敢站起來，走出去就對了！

只要勇敢地「突破零」，人生就能「打敗悲觀、戰勝挫折」，就能迎向陽光和微笑！

媽咪，我有八十二個「微笑的臉」

♥勿用放大鏡來找別人的缺點。

♥多用彩色、肯定的眼光，來鼓勵別人！

媽媽很辛苦，尤其是「單親媽媽」，需要付出更多心血、也要承受更大壓力，才能把小孩撫養長大。

我，就是個「單親媽媽」。三年前，因先生有外遇、被我抓到，最後以離婚收場。如今，兒子已經七歲，也念了國小一年級。

說實在，兒子長得滿可愛的，可是，他的可愛「非常像他父親」，兩個人的臉簡直就是一個模子做出來的；所以，有時看到兒子，我就聯想到那「寡廉鮮恥、沒有人性」的風流老公，心裡不免也會生氣。

平時我在美容院工作，每天從早忙到晚，累死了，我實在沒時間去管小兒子的功課，還好，小兒子的級任老師會在家長聯絡簿上，寫些兒子在學校的表現。同時，老師有兩個橡皮圖章，一個是「微笑的臉」，用來表示孩子在校表現良好、值得稱許；不過，如果孩子在學校不遵守秩序、上課大聲講話、作業忘了寫或是和其他小朋友吵架……就會被老師蓋一個「哭喪的臉」。

雖然我兒子長得很可愛，但也很頑皮，經常故意捉弄女同學，上課也不專心，寫字更是潦草馬虎。所以，每次他拿聯絡簿給我看時，我就會和他算帳——你看看，你又得這麼多個「哭喪的臉」……上課講話、排隊不守秩序，又是和女生吵架、鬥嘴……兒子啊！你乖一點好不好，不要老是跟你爸爸一樣，「只會跟女生糾纏」可不可以？

有一天，我從美容院拖著疲憊的身子回家，一進門，就看見兒子一張紅撲撲的小臉，向我跑過來：「媽咪，妳回來啦！」當時，我好累，我的嘴巴仍然說著那冷冷的老話：「去，去把你的聯絡簿拿來，讓我看看你又得幾個『哭喪的臉』？」

此時，小兒子抱著我的雙腿，撒嬌地說：「媽咪，今天我們一起數一數，這學期我總共得幾個『微笑的臉』好不好？」

小兒子一說完，立刻從書包裡拿出聯絡簿，數一數，這個星期到底有多少個「微笑的臉」？他甚至翻到上星期、上個月、十月、九月……

小兒子低著頭，專心又高興地數著：「三十、三十一……四十五、四十六……五十二、五十三……」聽著兒子興奮的聲音，我的眼眶竟泛出了淚水！是的，兒子，你有好多好多「微笑的臉」，值得我和你高興地一起細數，我為什麼要一直反覆挑剔你那為數不多的「哭喪的臉」呢？

記得上星期，我騎機車載著兒子到外頭買麵包，當天，天空下著毛毛雨，我叫兒子坐在機車後座，不要亂跑，我買完麵包馬上出來。當我付完錢、走出麵包店時，看見小兒子懶洋洋地整個人「趴在機車椅墊上」；我

♥ 媽媽妳看，我有好多「微笑的臉」，總共有八十二個呢！

一看，好生氣地大聲罵他：「你趴著幹嘛？坐好，坐要有坐相！」

這時，小兒子挺身坐起，笑著對我說：「**媽咪，妳看我多聰明，我趴著，用身體蓋住妳的座位，就不會被雨淋到；妳坐上去，屁股就不會溼、不會冷了！**」

兒子啊，我當時真的好感動！可是媽媽太忙、太累，媽媽「又忘記了」心中的感動，只記得去數你「哭喪的臉」，媽媽很壞對不對？

當我含著淚、望著可愛的兒子時，他天真興奮地抬起頭，告訴我：「媽咪，這學期我總共有『八十二個微笑的臉』！」

那時，我緊緊摟抱住兒子，真心喜悅、滿足地對他說：「媽咪今天加你『十八個微笑的臉』好不好，讓你有『一百個微笑的臉』！」

於是，我在兒子聯絡簿上，畫上「十八個微笑的臉」，並簽上我自己的名字。

感動小啟示

有些人常喜歡用「放大鏡」來找別人的缺點，卻用「顯微鏡」來看別人的優點。的確，如果我們常「放大別人缺點」來挑剔他，而不知「放大別人優點」來稱讚他，則日子一定過得不快樂！

想到本文中的小兒子，當媽媽常細數他聯絡簿上有多少「哭喪的臉」時，他的心裡一定很沮喪，或許內心也在吶喊：「媽咪，我有很多的好啊，妳也誇誇我嘛！」

是的，咱們的父母、子女、兄弟姊妹、朋友、同事……幾乎每個人也都在巴望著我們：「你也誇誇我嘛，我也有不少優點啊！」

所以，我們可以學習——「勿用有色、偏頗的眼光來批評別人，要用彩色、肯定的眼光來鼓勵別人！」

當老寡母在陰間路上哭泣…

♥父母年紀大了，需要的是關心，而不是金錢！

♥「愛與關懷」，才能讓父母的心得到溫暖。

二、三十年前，在嘉義鄉下，有個七十多歲的老寡母，一個人住在土磚厝仔裡。她有三個兒子，老大、老二為求工作發展，早已搬到城裡去，只有老三和媳婦依然住在附近，偶爾會過來照料、看顧她。

外地的兒子、媳婦雖然會按月寄零用錢來給老寡母，可是有時卻常埋怨：「人都那麼老了，還要那麼多零用錢幹什麼？」如今，老寡母生病了，一人孤躺在床上暗自流淚；說真的，只有「三媳婦」還算有點孝心，會煮些肉湯來給她吃。

一天，老寡母病危，三個兒、媳都趕回老土磚厝，來見老母最後一

♥ 三媳婦聽從婆婆生前的叮嚀，忍著惡臭，把床下一件件破爛的衣服拿出來洗。

面。病榻前，瀰漫著污濁的空氣，也聞到老母不知多久沒洗澡的濃濃惡臭味。

「我……我把你們撫養長大……只剩下這間破厝仔……也沒什麼東西可留給你們，我就要走了……希望你們以後，還能常到墳墓來祭拜我！」

老寡母在臨終前，斷斷續續地說著：「我死後……如果你們真的孝順我……就不必花太多錢幫我辦什麼盛大的後事……只希望你們把我床下……這一大堆破舊的衣服清洗、整理之後……再燒給我……讓我一起帶走……免得我在那裡很冷……沒有衣服穿！」

沒多久之後，老寡母就呼吸急促，走了。

三個兒、媳為老寡母辦完喪事後，就各自回到自己家中，恢復昔日平靜的生活。而破土磚厝因年久失修，屋頂漏水、又髒又臭，也不值多少錢，三個兒子就決定用「大鎖」把土磚厝鎖起來，鑰匙交給三媳婦保管。

一個月後，天氣變冷了，三媳婦突然想起婆婆臨終前的交代——「要記得燒床下的衣服給我哦！不然我在陰間沒衣服穿、會很冷！」於是，她趕緊回到土磚厝，果然，一打開門窗，整間屋子都充滿髒臭霉味，好噁心……

可是，一想到婆婆病床前的「最後叮嚀」，三媳婦就忍著惡臭，把床底下一件件破爛的衣服拉出來。「衣服這麼臭，燒給婆婆怎麼穿啊？還是把這些衣服洗一洗，曬乾了以後，再燒給她老人家穿吧！」三媳婦心裡如此想著。

當三媳婦把衣服攤開，準備搓洗時發現，口袋裡怎麼有硬硬的東西？咦，裡頭有兩百元耶！……咦，這件口袋裡也有三百元……那件再打開，裡面居然還包著金子、首飾……天哪！

三媳婦將每件破爛衣服攤開，發現每個口袋都藏著「金額不一的紙鈔」；有些小金飾、鍊子、手鐲，也都用布包捆成「小粽子」的樣子，藏在口袋裡。

此時，三媳婦的眼淚潸然流下，也覺得好慚愧！婆婆現在走在陰間的路上，不知會不會沒衣服穿，而冷得發抖？她是不是一直孤獨地哭喊著——「兒子、媳婦啊！你們怎麼都不聽我的話、不去清洗床底下的破舊衣服、趕快燒給我穿？我好冷、好冷，冷得全身發抖、全身發黑，快倒在陰冷的地上了，你們知不知道？……我的心肝兒子、媳婦啊！你們在哪裡啊……」

三媳婦小心搓洗著婆婆破舊的衣服，淚水也掉進洗衣的污水之中；她想到婆婆臨終前躺在病床上悲悽的心情——**「你們這些兒子、媳婦，如果還知道孝順、有把我的話聽進去，在我死後『幫我燒衣服』……自然就會找到這些我一生辛苦攢存起來的零用錢……如果你們不孝順、不把我的話當話，則這些錢、金飾……我寧願『讓它們腐爛掉』，也不願留給你們這些不孝的兒子、媳婦……」**

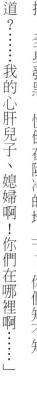

感動小啟示

西洋人說：「上帝為人類安排得真是周到，嬰兒一闖入世界，就發現有位母親隨時看顧他。」而且，「母親的胸脯，是孩子的酒吧間。」天天陪同他、餵食他成長。

可是，一般的子女卻很少體會到父母是怎樣疼愛他們，除非等到「父母離開人世，或本身也有兒女的時候！」

的確，母親老了、不能動了，她要的不是「金錢」，而是「關心」。

錢，對她來說，已不再具有太重要的意義，只希望兒女、孫子，常常回來「看她、陪她、關心她」；甚至，她手邊所有的錢、金飾、鍊子……也都願意留給子女，只要子女有一點孝心、還願意聽我的話——臨終所交代的話。

因此，如果缺少了子女的「愛、關心與溫暖」，疼愛我們的父母，不管在世或已過世，他們的心，都會「冷得發抖」啊！

爸媽保守三十多年的祕密

♥始終記住別人的不對、生悶氣，就沒有好日子過。

♥不要對別人的一世恩情，視而不見！

一天傍晚，我興奮地騎著爸爸送給我的機車，從學校回家；在等紅綠燈時，突然看見左前方那輛深藍色的福特轎車，不是老爸的車嗎？變綠燈了，老爸的車子走了，我戴著安全帽，快速地跟在後面，想給他一個「意外招呼」。咦，該右轉了，爸爸的車怎麼不右轉？我跟著爸爸的車，往前直行。過了三個紅綠燈，福特轎車停在一家花店門前，老爸下了車，店員已經準備好一大束漂亮的花，大概是老爸早已預訂好了。

爸爸抱著花上車，我很好奇，就偷偷地騎著機車尾隨。爸爸的車子居然沒有往回家的方向走，而是到了一間公寓。爸爸按了門鈴，不久，一個

女人下樓；爸爸見到她，就很愉悅地把花送給她。兩人親密地交談後，爸爸幫她開了車門，兩人一塊上車。

那時我的心快速跳動著，又緊張、又憤怒——爸爸從來沒有送花給媽，也從不曾為媽開過車門呀！每次爸出門，都是媽在後面用小跑步跟著。

「我是學歷史的，我一定要追根究柢，知道我爸爸要到哪裡去！」我騎著機車一直跟在老爸的車後，也深怕被他發現。後來，轎車停在一家高級餐廳門口，父親很親密地摟著「那女人」的腰，進入了餐廳。

當晚，我氣昏了，不想回家，但也不曉得該怎麼辦？我騎著機車在外面到處亂晃。十點半，我還是回家去了，一進門，爸媽都坐在客廳看電視。

「回來啦！吃過飯沒有？」爸爸仍然一副關心的口吻問，並對媽說：「趕快去把菜熱一熱，給兒子吃！」

「好啦！你不用假了、不要裝了！」我扯開嗓門，對著父親大聲吼叫道：「你真的很不要臉！你何必裝得像『好爸爸』一樣，你根本是個偽君子、小人、噁心……」

爸媽被我突如其來的舉動嚇住了、傻眼了。

「你說，那個女人是誰？你幹嘛送花給她？還跟她很親熱地到餐廳吃飯！」我幾乎是發抖地對父親罵說：「你這樣做，不怕在外面被車撞死啊！你到底是不是人哪？」

老爸聽我這麼一說，愣住了，沒說話；而媽也低頭靜坐、不語。

我轉過頭，大聲對媽說：「媽，妳怎麼也不說話？妳像傭人一樣，每天伺候著他，但是妳知不知道，他在外面養女人，妳怎麼不生氣啊？」

爸爸繃著臉站起來，上了二樓房間。

「媽，妳不要這麼窩囊好不好？妳這樣省吃儉用，爸爸在外面養女人，到餐廳一出手，就是好幾千塊。而妳，辛辛苦苦在家當個老媽子，一毛錢也沒有，這算什麼嘛！人家說，老公有外遇，太太都是最後一個知道的，妳看，我都知道了，而妳還不講話、不生氣！」我氣得幾乎失控地怒罵著：

「媽，妳乾脆離婚算了！我把姊姊叫回來，我們一定都會支持妳的！」

「不要這麼罵你爸爸！」媽突然開口對我說：「你爸爸對我很好，真的很好！」

「媽，妳到這個時候，還說這什麼鬼話？」我越聽越氣：「他在外面養女人，妳居然還說他對妳很好……」

媽媽擦著眼淚，緩緩說道：「你絕對不能把你姊姊叫回來，她已經嫁人了，不要再去煩她……你不知道……你姊姊……我是懷孕四個月後……才嫁給你爸爸的！你姊姊……不是你爸爸的骨肉……」媽媽吞吞吐吐地說著，兩眼淚水一直流下。

「你爸爸在知道我懷了四個月的身孕、又被那個男人拋棄時……還願意接納我、娶我……讓我還有臉、還有意志活下去……」媽媽拭著淚水，繼續說道：「你爸爸明明知道，你姊姊不是他的親生骨肉，但是還這麼愛她、疼她；甚至在她出嫁時，還給她那麼多嫁妝……你爸爸真的對我很好！」

在一個學習「溝通成長」的小組討論會上，建民說了上述真實的故事；講到這裡，他的眼眶不禁溼紅，聲音也有些哽咽。他繼續說道：「隔天我起床，看到我爸媽，也不知道要說什麼，只覺得，整個家都很『虛偽』，我受不了那種氣氛！」

後來，建民藉口課業繁重，堅持搬到學校附近租屋住。

歷史系畢業、退伍後，建民找到一個教職，也交了一個女朋友。有一次，建民在女友面前，很生氣地提起父親「外遇、養女人」的事，女友聽完後說：「可是，你不覺得，你爸媽都很偉大嗎？在你爸媽那個年代，如果你爸不娶你媽，讓她懷著別人的孩子四個月而被拋棄，她還有臉活下去嗎？你媽說不定會去自殺呢？那，還會有你嗎？……而你爸爸，雖然他有外遇是不對，但是，他早知道你姊姊不是他的親生女兒，卻還是對她那麼好，而且還能『保守三十多年的祕密』，換成是你，你能做得到嗎？你能做得比你爸爸更好嗎？」

女友站在外人的立場，娓娓說道：「**你即使不能原諒你爸媽，但至少可以『同情他們』啊？畢竟他們都揹負著三十多年的沉重祕密和壓力啊！而且，為什麼你爸爸『對你一百次好，卻比不上一次不好』？**」

建民腦海裡一直迴盪著女友的話：「如果是你，你能做得好嗎？你能做得比你爸爸更好嗎……」

「是的，爸爸對我、對姊姊百般的呵護與照顧，生病時，爸爸整夜未眠、焦急地看護……『他對我一百次好，卻比不上一次不好』？我為什麼要一直罵他、詛咒他、怨恨他呢？」有時建民心中充滿著矛盾和衝突。

最後，建民對學員們說：「現在，我也很後悔，後悔為什麼我騎機車時要『東張西望亂看』，才會看到我爸爸的車子；然後又不死心，跟蹤他、看到他去買花，又送給其他女人……我是學歷史的，我常常很好奇，很想去知道『事實真相』；但是，在知道真相後，卻又很後悔——為什麼要知道那麼多？」

感動小啟示

其實，只看別人缺點、不看優點的人，日子會過得很痛苦，因為他認為自己是最好的，別人都是「虛偽的」、「錯誤的」；然而，以建民來說，他的父母不都很「寬容」嗎？不都很疼愛子女嗎？甚至連不是自己親生的女兒都疼愛有加。

俗語說：「身在彩虹中的人，是看不見美麗彩虹的！」我們似乎對越親近的人犯了錯，就會越加苛求、越加責難；但是或許我們已身在「彩虹」之中，已經很幸福了，又何必去苦苦追究親近如父母的小錯？而且，如果「角色互換」，我們能做得比別人更好嗎？

倘若，我們始終記住別人的不對、老是一肚子悶氣，怎會有好日子過呢？

我們不能將別人的錯誤不斷放大，而將別人的一世恩情加以縮小，甚至視而不見啊！

Part 5

打開心眼，看見多采世界

我相信，人是為勝利而生的

♥眼光放得遠，成功就不遠！

♥為自己的成功，打造一個打死不退的理由！

演講會即將開始，咦，怎麼燈全都熄滅了？

在一片漆黑中，全場五百多人聚集，安靜無聲，只聽見舞台布幔後，傳來小提琴優美的旋律……布幔，漸漸地拉開了，燈光打在小提琴手的身上！他，是個雙眼全盲的盲人，穿著西裝，靜靜地站在台上拉奏著；而他的夫人，則站在他背後，幫他拿著麥克風……

這裡，是中國廣東省湛江市。場景，不是「演奏會」，而是「演講會」。

我坐在第一排，看著我們一同前往湛江的講師「陳奎宏」，他放下小提琴，勇敢地站在講台上，大聲說：「**我是一個雙眼全盲的盲人，我一出生，就完全看不見；但是，我相信，盲人的一輩子，不是只能算命，或幫人按摩！我有使命感，我要走出自己，我要為自己的成功，找到一個打死不退的理由……**」

奎宏的聲音很洪亮，雖然他看不見，但他嘴角上揚、微笑自信地說：「我不需要別人幫助，相反的，我想幫助別人，我要用我的力量來幫助別人！」所以，他在文化大學音樂系畢業後，就異想天開地想「賣保險」。

可是，一個盲人如何賣保險、如何贏得客戶的信任呢？單單是上大樓按電梯，就因為看不見按鈕，搞得每一層樓的燈全都被按亮了；等到滿頭大汗地找到了客戶辦公室時，對方看到他是盲人，一副冷冷地說：「對不起，你遲到了，我給你的時間已經過去了，你回去吧！」

奎宏忍著淚，退出了辦公室，走著他看不見的路。

雖是盲人，也有眼淚；但這些淚，自己看不見，只能往肚子裡吞！他咬著牙，告訴自己：「我絕不放棄！再大的壓力，我打死不退，我一定要做出成績來！」

真的，**「想法的大小，決定成就的大小！」**

「願力有多大，成就就有多大！」

儘管面對的是黑暗世界，儘管看不見保單上的條文，可是，奎宏把不同的保單條文背得滾瓜爛熟，也為客戶分析各式保單的優缺點；逐漸地，他的誠懇和專業，感動了客戶，業績也越來越好，最後，終於當上了「業務經理」。

也因當上了經理，奎宏才勇敢地向學姐的父母提親——「請您們把女兒嫁給我好嗎？我說過，只要我當上經理，我一定要來提親；如今，我做到了，請您們把女兒嫁給我吧！」就這樣，奎宏打動了女友父母的心；他結婚了，也育有一女。

站在講台上，奎宏自我調侃地說：「我只是個『小蝦米』，因我看

♥ 我雖然是盲人，但我要走出自己，更要為自己的成功，
找到一個打死不退的理由……

不見，但我還能聽得見；像海倫凱勒她才是『大龍蝦』，因她『又聾又瞎』。我，已經夠慶幸了！」

奎宏又說：「有些人外表健全，但經常找各種理由推拖，真是『睜眼說瞎話』！我雖眼睛殘疾、看不見，但我打死不退，我才是『瞎眼說真話』！」

在如雷的掌聲中，我深受感動，也確信——「人是為勝利而生的！」而且，「你我都要為自己的成功，打造一個打死不退的理由，勇往邁進！」

小感動啟示

有些人的生命是十分坎坷的，他們一生從來都看不見，只能憑著信心和毅力，不知危險地往前「衝！衝！衝！」以致有時跌斷了牙、摔斷了腿或鼻青臉腫。

但是，也因著不服輸、不向命運低頭的個性，他們走出悲情、

走出自己的一片天；因為，他們的另一個名字叫「堅強」、叫「勇士」！

日本有一些年輕人被稱為「尼特族」（NEET），它是從英文縮寫而來，指的是（Not in Education, Employment or Training），也就是「已從學校畢業，卻沒有工作，也沒有從事家務、不再繼續進修的人」。

這群尼特族，「什麼都不想做，也什麼都不做」；他們沒有人生目標，每天閒晃、缺乏自信，人際關係孤立。

唉，人生怎能「什麼都不想做，也什麼都不做」？想想，全盲的人，他們要如何打拚，才能為自己看不見的人生賺到一些錢呀！

因此，「眼光放得遠，成功就不遠！」一個人必須有「執行力」、「行動力」，才能享受為「勝利而歡呼」的喜悅啊！

閉上眼睛，你就可以看到了

♥打開心眼，才能看見多采的世界。

♥世界美不美，在於我們心中感受到什麼？

那是一個位在三樓的病房，有三個病床。當老梁因心肌梗塞被送到這病房時，「靠窗」的病床已住有其他病人，所以他就被安排在「靠牆」的床位。

當老梁的病情稍微緩和之後，靠窗的老劉主動和他聊天，說道：「唉，沒辦法，年紀大了，心臟血管硬化，三條主動脈塞了兩條半，隨時都可能有生命危險！」

隔著一個空病床，老梁經常聽老劉說起年輕時的種種英勇事蹟；而「靠窗」的老劉也常望著窗外，看著外面的「車來人往」，口中喃喃說道——「那裡有個年輕媽媽，帶著可愛的小女孩，手上還拿著紅色、黃色的氣球，好漂亮哦！」「哈，那邊有兩隻小狗在打架……牠們扭打在一起，還咬得哇哇叫！」

聽到老劉這麼開心地講，老梁心裡總是十分「鬱卒」。唉，真是倒楣，被安排住在「靠牆」的床位，什麼都看不到，有夠無聊的！此時，「靠窗」的老劉又說了，「你看，那邊人行道上，有個白頭髮的老先生牽著老伴的手，兩個人慢慢地走……唉，我老伴太早走了，以前我們也都是這樣，兩個人牽著手，慢慢地散步……」

老梁躺在靠牆的床上，悶悶不樂，也頻頻嘆氣；他希望有一天，也能換個「靠窗」的床位，和老劉一樣，可以看到窗外「多采多姿、生動有趣」的情景。

當天半夜，老梁夢中醒來，赫然發現老劉雙手緊抱著胸口、雙腳蜷曲，好像快喘不過氣來！老劉的右手想按急救鈴，可是，急痛的胸膛，讓他無法看清急救鈴的位置，只見他的右手無主地亂按，卻怎樣也按不到。

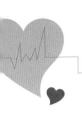

老梁睜著兩個大眼睛，看著這一幕。他，不動聲色，也沒幫他按急救鈴，只是眼睜睜地看著他，慢慢停止掙扎……

隔天，老劉的遺體被送到太平間，而醫護人員也應老梁的要求，將他的床位移到「靠窗」的位置。

當老梁看著窗外時，只見一堆破舊的「違章建築」，根本沒有車來人往，也沒有媽媽和小女孩，更沒有可以讓兩個老伴一起牽手走路的人行道……

英國小說家沙米爾曾說：「閉上眼睛，那你大概就可以看得到了。」

是的，有些事情，無論眼睛睜得再大，也是一樣「看不見」。因為，有時人必須「閉上眼睛」，用「心眼」來看，才能看清一切、才能看到美景！

曾有一個基金會，每個月都收到一位朱小姐「兩千元」的捐款；這筆捐款雖然數量不多，但從未間斷，持續兩、三年。

一天，基金會義工打電話給朱小姐：「謝謝妳每個月都捐款給我們，歡迎妳有空過來坐坐，或是，妳也可以到基金會來和我們一起擔任義工啊！」

「我……我不太方便耶！」朱小姐委婉地說。

「妳不用擔心，我們在社會上雖然被貼上『非主流』的標籤，但是我們的基金會很單純，不談政治、只做慈善……」義工小姐說。

「我……我的行動不方便啦！」朱小姐在電話中有些不好意思地說。

這時，義工小姐心想，基金會會址是在一樓，如果她坐輪椅過來，也還算可以，所以就熱心地介紹基金會的工作環境、性質；可是，電話筒那端輕輕傳來羞澀的聲音：**「對不起，我……我是個盲人……我的行動不太方便……我沒念什麼書，只能幫人家按摩……所以，我不能捐很多錢給你們……那一點錢，希望能幫助更需要幫助的人！」**

霎時之間，義工小姐手握著電話筒，許久說不出話來，眼眶也溼紅了。

的確，當我們「閉上眼睛」，用「心眼」來看，就可以看到許多「我們睜大眼睛時所看不見的事」。

小感動啟示

世界美不美，並不在於我們「眼睛看到什麼」，而在於我們「心中感受到什麼」？所以，即使是在惱人的下雨天，詩人也可以吟唱出優美的不朽名詩；儘管被貶至偏遠的蠻荒，但失意墨客仍可以寫出流傳千古的詞句。

莎士比亞說：「事無善惡，乃在於人們想它是善是惡。」

假如，一隻小狗對著路邊的小姐汪汪叫時，她可以很生氣地臭罵：「死狗，一腳踢死你！」但是，她也可以很高興地想：「哇，連狗都覺得我很美麗，懂得對我汪汪叫……」

有句大家耳熟能詳的話：「山不轉，路轉；路不轉，人轉；人不轉，心轉，心轉！」**的確，要懂得「心轉」，學習用「心眼」去想、去體會，才會看到「多采多姿、生動有趣」的世界。**

所以，雖然「眼睛」是咱們的靈魂之窗，但是，唯有「打開心眼」，才能使我們的手，握有「快樂之鑰」啊！

媽，菜裡有妳一根頭髮

♥拙於言詞的誠懇，是強而有力的說服。

♥會說話的人，須有一顆「誠懇、真摯的心」。

李媽媽，是社區讀書會的一員，也是個害羞的媽媽，總是坐在角落，很少說話。可是，在讀書會指導老師的規定下，今天，她終於羞赧地走上講台。她，很緊張，紅著臉，對台下的學員們說道——

昨天晚上，我們家在吃晚餐時，小女兒突然尖叫地跟我說：「媽，菜裡面有妳一根長頭髮耶，好噁心哦！」我一聽，整個人都傻住了，心裡也一陣難過。

因為，我想起十六、七年前，我還在鄉下念國小五年級時，家裡很窮，沒錢買便當，媽媽每天必須一大早到田裡工作；收工後，趕快回家幫

我做便當，再快騎著腳踏車，把便當送到學校來給我。

有一天，媽媽仍然把熱騰騰的便當送來學校給我。當我在教室裡吃便當時，突然發現飯菜裡有一根很長的頭髮。那天，回到家，我很不高興、臭著臉對媽媽說：「媽，明天我不吃妳做的便當了！」

「為什麼？」

「因為，今天中午我吃的便當，裡面有妳的一根很長的頭髮，看起來好噁心、好沒衛生哦！我想，我買學校的便當吃比較衛生，而且，妳也不用每天送便當來學校給我……」

我的話還沒說完，只見媽媽把頭轉向一邊，低著頭朝廚房走去。媽媽沒有講話，只是打開水龍頭，一直沖水洗碗。那天晚上，我們母女都沒有再講話。

隔天一早，天沒亮，我媽媽就出門工作。到了中午，快下課時，我看見媽媽仍踩著腳踏車，提早來學校，她神情焦急地站在教室外，探頭找尋我的身影。下課了，我走出教室，臉色不悅地對媽說：「媽，不是說好叫妳不要再送便當來了嗎？……」

這時，媽媽右手揮著斗笠，左手擦著額頭上的汗水，喘著氣說：「乖，趕快吃、趕快趁熱吃，這次，飯菜裡絕對沒有媽媽的頭髮了！」

講到這裡，台上的李媽媽，眼淚掉了下來，她擦拭眼淚說道：「對不起，我不太會講話，也愛哭……以前，我不知道體諒母親的辛苦，也不知道感恩，現在我做了媽媽，才知道自己過去的不對……很不好意思，我拉拉雜雜講了這些我自己的心情，講得很不好，對不起，謝謝大家！」

當李媽媽紅著眼走下台的那一刻，全體讀書會的學員，都報以熱烈的掌聲！

小感動啟示

有人說：「拙於言詞的誠懇，是一種強而有力的說服。」

的確，一個會說話的人，不一定要有顯赫的職稱與頭銜，卻必須有一顆「誠懇、真摯的心」，所謂「修辭立其誠」，意即在此。

其實，語言只是一種溝通的工具和技巧而已；但，一個說話的人，若能以誠懇的心「省思自己、用心準備」，來說出內心的真心話，則就像學習藝術創作一樣，雖然沒有名師天天在旁指導，亦可能有偉大的作品呀！

所以，一個「拙於言詞，卻態度誠懇的人」，其在台上給人的印象，一定勝過「口才極佳、滿腹經綸，卻態度高傲、輕蔑的人」。

「乖，快拿去吃，這次菜裡絕對沒有媽媽的頭髮了！」

快來看「難得一看的牙齒」

♥視病如親，不可對病人失禮！

♥取笑他人缺陷，常是一種「輕薄、無禮」。

一天，我到牙科洗牙，陳牙醫師一邊洗、一邊對我說：「嗯，不錯，你的牙齒長得滿好的，你保養得很好！」

「還好啦，是我爸媽把我的牙齒生得好！可是，我太太的牙齒就蛀牙好幾顆。噢，對了，請問您，蛀牙很多會不會遺傳給小孩啊？」我問陳醫師。

「不會啦，牙齒蛀牙，不是天生的問題，而是後天保養不好，所以不會遺傳。會遺傳的只有一種，叫作『琺瑯質剝落』，這種病，會使牙齒外層的琺瑯質一直剝落，牙齒會變得越來越小，最後每一顆牙齒，看起來都黑黑、小小的。」這時，陳醫師笑著繼續說道：「這種病人啊，是我們牙醫師的最愛！」

「最愛？……為什麼呢？」我不解地問。

「因為遺傳這種病，牙齒都黑黑、小小的，很難看啊！所以全部都要『做假牙』，這樣就可以賺很多錢啊！」

「這種病例多不多？」我好奇地問道。

「很少，真的很少！以前念醫學院或當實習醫生時，我從未看過，只有在醫學課本上看過。不過，後來我到大醫院當牙科主任時，終於碰到了這種病例！」

陳醫師回憶說，那天，當他看診遇到這男病人時，他好興奮，因為他從來沒有真正看過「琺瑯質剝落」的病人。所以，他立刻叫所有的牙醫師統統過來，對他們說：「你們看，這就是琺瑯質剝落的牙齒……趕快去拿照相機來拍，這種病例真是百年難得一見，趕快拍下來，要做存檔！」

當時，每位牙醫師都很高興，有的也拿醫學課本出來比對：「哦，遺——傳——性——琺——瑯——質——剝——落——就是長這樣子哦！真的很像耶，好奇怪哦！」

就這樣，每位牙醫都好奇地圍了過來，也要求病患張開嘴，仔細地端詳、研究一下；而沒來當班的牙醫，後來聽說「錯失良機」後，都捶胸扼腕、沮喪不已。

當然，對這特殊的牙齒病患，陳醫師後續就耐心地幫他裝好假牙，替他治好了。

半年後，陳醫師又遇到一女孩來看牙齒，她竟然也是「琺瑯質剝落」；一問之下，才知道是上次那男病患的親妹妹。

哇，這次大家又好高興，所以陳醫師又把全部的牙醫師召集過來「觀摩」，也當眾說道——「這真是難得的臨床經驗啊！你們要仔細看清楚哦，這種病例可是『百年難得一見』的哦！」

女病患躺在看診的椅子上，牙醫師一個個走過來，要她張開嘴巴「啊——啊——」然後察看每顆都是「黑黑小小、形狀難看的牙齒」；有些看完後，還轉頭掩嘴竊笑地對其他牙醫說：「好了，換你看，嘻……好好玩！」

當天，陳醫師幫這女孩治療後，看她緩緩起身，閃著淚水，離開診所。

「後來……」陳醫師內疚、遺憾地對我說：「她再也沒有回來裝假牙了！」

感動小啟示

屏東基督教醫院有位挪威籍的傅德蘭醫師，曾經獲得我國頒發「醫療奉獻獎」。

有一次，傅德蘭醫師在診治一名腳部潰爛的病患時，當紗布一打開，腐臭味逼得在旁的護士，摀著嘴跑到診療室外嘔

吐；但傅德蘭醫師卻眉頭未皺一下，反而抬起病人的腳，放在鼻子前面，仔細地端詳、研究其病情。

事後，傅德蘭醫師提醒護士：「不可以對病人失禮，那會傷害到病人的自尊。」

是的，「醫者父母心」，假如我們是病人的父母，我們會嘲笑孩子的牙齒「小小、黑黑的」嗎？我們會覺得孩子的腳「臭得受不了」嗎？

有時，我們對別人的缺陷（如太胖、太瘦、太矮、禿頭、其貌不揚……）而忍不住地想笑；卻沒想到，那可能是他「心中最大的痛」啊！

因此，取笑他人缺陷，常是一種「輕薄、無禮」，不惟喪德，嚴重者，亦足喪身呀！

身上佈滿「螞蟻窩」的老太太

♥溺愛孩子，日後將會親嚐苦果。

♥不懂孝順父母，以後子女也會同樣效法！

有一位七十多歲的老先生，老伴十多年前就過世了，他唯一的獨子結婚後，也搬出老家，到城裡工作謀生，無暇管到老父。

老先生年紀大了，沒工作，自然沒有收入；兒子媳婦生了兩個小孩，經濟吃緊，也是泥菩薩過江，都自身難保了，哪還能拿錢回家孝敬父親？

老父生病了，乏人照料，一人孤苦無依。以前所有的積蓄，都已經拿去撫養四十多歲才出生的獨子；如今年老生病，兒媳都不理他，只好變賣掉自己的老房子，而搬進養老院。

養老院的老人很多，但，心卻是孤獨、無助的，因兒、媳、孫似乎都無視於他的存在，好像是一個沒人要的廢物，每天只有「等死」而已。

三、四個月後，有一天，兒子帶著小孫子到養老院來看他。看到可愛的小孫子，老先生真的很高興，露出了笑容說：「你們終於來看我了！」

然而，兒子卻臭著臉，指著他老爸罵說：「我看，你真的是『老番顛了』耶！你居然偷偷把房子賣掉，跑來住養老院？你怎麼這樣過分？你有神經病是不是，你為什麼不把房子留給你孫子？再怎麼說，他是跟你同姓耶！你不喜歡我沒關係，可是，你也不應該偷偷把房子賣掉，自己住到養老院來……你都那麼老了，還要享受幹嘛？真是瘋了……」

兒子氣急敗壞地對著老爸大聲指責，一些養老院裡的老人聞聲，也都湊過來看熱鬧。

此時，兒子繼續罵道：「你這樣是不是人哪……你把房子賣掉，你孫子以後沒有房子怎麼辦？怎麼過日子？怎麼結婚？你不怕下地獄啊……你這個做長輩的，做事不要像白癡一樣好不好？做事情，總要替後代子孫想一想嘛！不要一直只顧你自己……你看看，你這麼衝動把房子賣掉，一個

♥ 奄奄一息的老太太身上，孤獨躺著，淚水，早已流乾了！

人跑來養老院享受，以後你孫子沒地方住的話，你怎麼對得起子孫？」

老先生被兒子罵得頭一直低低的，一句話也沒回，只是眼眶閃著淚水。在旁圍觀的一些拄著楞杖、駝背、坐輪椅、吊點滴……的老人們，聽了，也都跟著掉下眼淚來，哭了！

因為，幾乎這些老人們，都有一段雷同的「悲傷往事」。假如兒媳們願意孝順、奉養他們，他們何苦把房子賣掉，住到養老院來？

最近報載，一位十九歲林姓獨子，因不滿父母管教，而懷恨在心；他甚至為了貪圖父母千萬錢財，竟夥同朋友，以極為兇殘的手法，拿著利刀，狠狠地往父母身上各砍了五十幾刀，活活把他們砍死！

也有一位九十六歲的黃老太太，在家中被家人以為「年老而病逝」後，就將她送往殯儀館；而當法醫開具老太太的「死亡證明書」時，赫然發現，老太太還有心跳、呼吸——天哪！她居然還活著，可是，奄奄一息的老太太身上，竟佈滿著「螞蟻窩」。

我在想，當那對父母，被親生獨子「殺紅了眼」，用刀砍在自己脖子、身體、手臂，鮮紅的血噴濺全身、不斷抽搐……在即將斷氣時，心裡是多麼驚惶、痛心！

而奄奄一息的老太太，身上佈滿著「螞蟻窩」，被送到殯儀館時，她的淚水，在很早、很早之前，就已流乾了！

感動小啟示

英國教育家洛克說：「父母在孩子幼小的時候，溺愛他們，把他們的本性弄壞了；他們自己在泉水的源頭下了毒藥，日後親自喝到苦水時，卻又感到奇怪。」

其實，未能教導子女明辨是非、判斷事理，以致子女不孝，甚至弒父、殺母……喝到這人生的「毒藥、苦水」，父母自己也有過失啊！

不過，大逆不道、不懂孝順父母的人也應想想——他們不倫不孝的言行，子女全都看在眼裡，以後子女「也可能這樣對待他們」啊！

不停跳躍、揮拳的拳擊手

♥只給自己三秒鐘去自憐！

♥勇敢出拳，一定比不出拳有更多贏的機會。

到馬來西亞演講時，曾有記者來採訪我，問道：「戴老師，有人說，讀『勵志書』似乎沒什麼用，看過了，感動了一下，過幾天還不是老樣子，又恢復原來懶惰、頹廢的個性！」

的確，一個人可以「上緊發條」，也可以「動都不動」；一個人可以「上顛峰」，也可以「下谷底」。但，人的生命，到底是「要上」、還是「要下」，完全看自己的決心和毅力！

曾有一位女大學生對我說：「戴老師，我看了你的書，受了你的鼓勵，我天天用英文寫日記，也主動參加了兩次英語演講比賽。我好高興，我勇敢地踏出去，我做到了！」

也有一男大學生對我說：「謝謝您書中故事的啟發，我得到了鼓勵，所以參選全校學生會總幹事，後來我選上了，這一年來，我學習到很多，謝謝戴老師！」

最令我感動的是一名雲林縣鄉下國中女生的來信——

「戴老師，非常感謝您的勵志作品，我在念國中以前，是一個標準的小太妹，不讀書、愛賭博、抽菸、喝酒，專門欺負小朋友，晚上不睡覺、跑去當小偷，也研究賭博，想如何贏錢；白天到學校睡覺，或蹺課打電動玩具。

我是一個問題學生、不孝的女兒，因我常跟父母吵架，也認為奶奶老了、沒有用！外公耳聾，是廢人一個！

可是，現在我不一樣了，因我在國一時讀了您的作品《激勵高手》，讓我改變了人生的目標和方向，也知道許多殘而不廢的故事和人生的意義。

家父是一名建築工人，一個月收入不到兩萬元。以前我總認為，家裡窮，跟別人競爭是不會勝利的！可是，看了老師您的作品，才知道自己的觀念錯誤，所以，我就立定目標——「要做一個有用的人！」現在，我已從「放牛班」，轉升到「升學班」；從壞小孩，轉變成乖寶寶；從問題學生，變成好學生；從「人見人厭」的人，變成「人見人喜」的好孩子。

當然，在改變的過程中，還有許多的挫折和考驗，但我會繼續閱讀老師的作品，就會有更多的信心和勇氣，來衝破考驗！

其實，我的零用錢不多，我常要儲蓄兩、三個月，才能買到一本老師的作品；現在我已購買了十多本老師您的書了！老師，我在舊書店都買不到您的書，不過我會繼續存錢買您的新書……」

看到這國中女生的來信，我好感動！好孩子，妳的來信，對我而言，何嘗不是極大的鼓勵和激勵？正因為有妳這樣可愛、上進的讀者，願意將書中的故事和啟示，內化成為「向上提升的動力」，甚至願意將自己的改變，用心寫信來告訴我，才讓我有更大的力量，繼續提筆寫文章，來和大家分享！

真的，「態度，決定勝負！」

一個人的「態度」必須改變，「行為」才能改變，「生命」才會改變！

即使家中清寒、貧窮，但我們可以因著別人的故事，讓自己「窮中立志、苦中進取」呀！

只要我們願意，我們都可以因著學習，而使自己在專業領域中，成為傲人的「一軍」；我們絕不能在自己的專業中，淪為「二軍、三軍」呀！

有個國中生，每天面對一大堆英文、數學、物理、化學等作業，煩死了！一天，當女英文老師又罵他不背英文單字時，他生氣地回答說：「老師，我現在正是『青春期』，個性很衝、很叛逆，妳最好不要惹我哦！」

女英文老師一聽，氣死了，大聲地說：「**哼，青春期有什麼了不起？我告訴你，我現在正是『更年期』呢！你知道嗎，更年期的人，脾氣很暴躁、火氣很大，你曉不曉得？你要不要來試試看呀？**」

哈，你「青春期」，我「更年期」，大家脾氣都很火，都很不好！不管怎麼樣，人都要「先降火氣」，學習尊重別人，學習看到他人的優點，也聽從別人的教導。

當然，每個人都會有人生的低潮，但是，在低潮和挫折中，我們不能一直哀聲自嘆、自憐！

曾有一位業務員說，他經常被客戶拒絕；打了許多次電話，總是得不到客戶的青睞和訂單。但是，他說：「**當我被拒絕時，我只給自己三秒鐘的時間去自憐。三秒鐘一到，我就立刻吸了一大口氣，改變心情，再繼續打電話給下一個客戶！因為，我不能一直在悲淒自憐呀！**」

每個人的「EQ智慧」不同，在挫敗中，有人「三秒鐘」可以轉念，有人卻「三天、三週、三個月」都耿耿於懷，走不出悲傷，自怨自艾、痛苦不已！可是，每個人都要學習「化解自我危機」呀！

感動小啟示

看過「擂台上的拳擊手」嗎？他們都必須鬥志昂揚地不停跳躍！他們絕不能停止跳躍、停止揮拳；因為，沒有不停地跳躍、不停地揮拳，只站立防守，是不可能得分、不可能有致命一擊的。

所以，人不能自怨自嘆，必須勇敢奮起，當一個「不停地跳躍、出拳的拳擊手」！剛剛挨了一拳沒關係，趕快甩掉頭上的汗水、咬緊牙套，眼睛狠狠地注視對方、看準對方，總會有成功出擊的時候！

因為，不停地勇敢出拳的人，一定比不出拳的人，有更多致勝的機會啊！

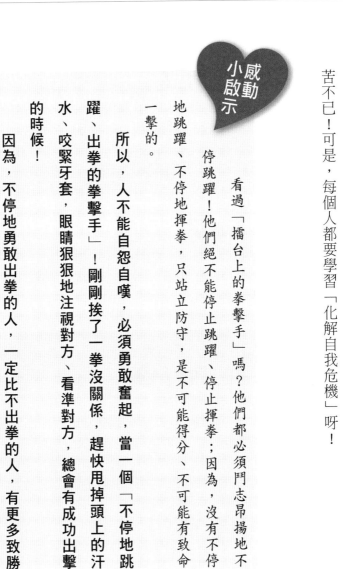

Master
高手作家戴晨志
讓你天天開心，洋溢喜樂的香水！

戴晨志作品15　◎定價230元

口才魅力高手

教你展現說話迷人風采！

我們一開口說話，就是自己的「廣告」！我們必須努力學習，用「口才魅力」來改變命運！

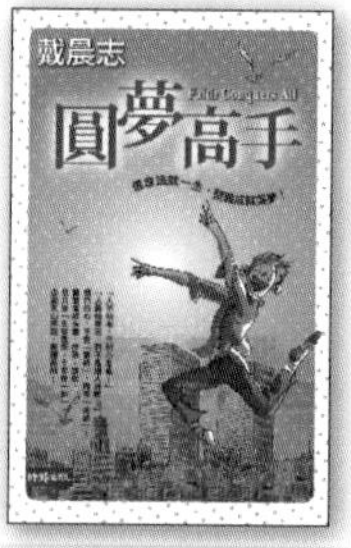

戴晨志作品16　◎定價230元

圓夢高手

信念造就一生，堅毅成就美夢！

我們的心，不能「看破」，而要「突破」！只要「生聚教訓、十年磨一劍」，必能東山再起，展翅高飛！

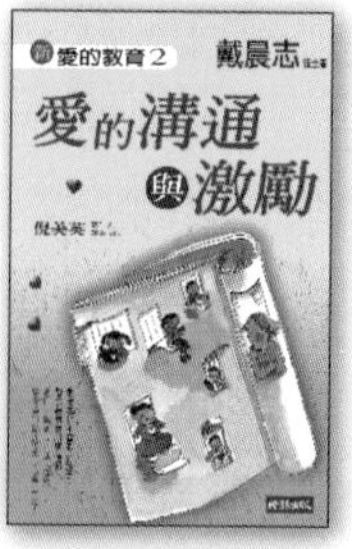

戴晨志作品17　◎定價230元

新愛的教育❷

愛的溝通與激勵

愈是老師不喜歡的孩子，愈需要關愛和疼惜。

老師就像是一塊「浮木」，讓失意無援的孩子，拉靠一把！

戴晨志作品18　◎定價230元

真愛溝通高手

愛情，需要溫柔、愛心、耐心地經營！

有情人不一定能成好眷屬！我們都要了解兩性差異，用心學習「男女溝通之道」！

Master

高手作家戴晨志

讓你天天開心，洋溢喜樂的香水！

戴晨志作品26　◎定價230元

讓你成功的100個信念

不被擊倒的信心與勇氣

成功就是——「慾望+行動+堅持」。在人生道路上，要不斷地挑戰、突破、進攻，才能成為光榮勝利的贏家！

戴晨志作品27　◎定價230元

勝利總在堅持後

教你如何力爭上游，反敗為勝

信心，是成功的魔術師，只要自己勇敢站起、堅持到底，任憑誰，都不能將你擊倒啊！

戴晨志作品32　◎定價230元

少抱怨，多實踐

改變一生的行動力與意志力

「不抱怨、正面思考、用心實踐」，是自我突破的祕訣，更是贏出自己的關鍵！只要樂觀、開朗、勇於突破，則「人生處處有驚喜」！

戴晨志小品1　◎定價230元

幽默智慧王

爆笑幽默故事精選

一個善於幽默表達的人，會給別人帶來無比歡樂，也給自己帶來更多自信與魅力。

戴晨志小品 ④

一生難忘的感動——動人心弦的故事精選

作　者—戴晨志
編　輯—林俶萍
插　畫—游耀創
美術編輯—優秀視覺設計
執行企劃—王嘉琳
校　對—戴晨志、林俶萍
董 事 長
總 經 理—趙政岷
總 編 輯—余宜芳
出 版 者—時報文化出版企業股份有限公司
10803台北市和平西路三段二四〇號三樓
發行專線—（〇二）二三〇六—六八四二
讀者服務專線—〇八〇〇—二三一—七〇五・（〇二）二三〇四—七一〇三
讀者服務傳真—（〇二）二三〇四—六八五八
郵撥—一九三四四七二四時報文化出版公司
信箱—台北郵政七九～九九信箱
時報悅讀網—http://www.readingtimes.com.tw
電子郵件信箱—ctliving@readingtimes.com.tw
法律顧問—理律法律事務所　陳長文律師、李念祖律師
印　刷—詠豐印刷股份有限公司
初版一刷—二〇〇九年三月九日
初版六刷—二〇一四年十一月十九日
定　價—二三〇元
⊙行政院新聞局局版北市業字第八〇號

國家圖書館出版品預行編目資料

一生難忘的感動：動人心弦的故事精選／
戴晨志作. -- 初版. -- 臺北市：時報文化,
2009.03
面；　公分. --（戴晨志小品；4）
ISBN 978-957-13-5005-9(平裝)

855　　98003107

ISBN:978-957-13-5005-9
Printed in Taiwan